COLECCIÓN DE LECTURAS RECREATIVAS

Luis Coloma

A los señores suscritores del Mensajero del Corazón de Jesús

Cosa extraña es por cierto que, al dedicar a los suscritores del Mensajero el presente tomo de Lecturas recreativas, coleccionadas por la Dirección de dicha Revista, comencemos por declarar con toda franqueza, que ninguna de esas Relaciones ha sido escrita expresamente para ellos.

Los suscritores del Mensajero, personas piadosas en su totalidad, y conocedoras en su mayor parte de los caminos y máximas de la vida espiritual, no necesitan que se les presente lo que nuestra Santa Religión manda, y aun lo que solamente aconseja, engalanado con los atavíos, de la poesía y de la fábula, a la manera que se presentan al enfermo las píldoras amargas, envueltas en una brillante capa dorada. No encuentran estas almas sanas en los suaves deberes de la Religión, ni en los sublimes consejos del Evangelio, píldoras amargas: encuentran, por el contrario, ricos veneros de gracia y salvación, que se apresuran a buscar y gustar en los limpios manantiales de escritores puramente morales y ascéticos. Para ellas es siempre interesante el P. Tomás de Kempis, ameno San Francisco de Sales, divertidos y prácticos Fray Luis de Granada y el P. Alonso Rodríguez.

Mas no se limita la misión del Mensajero a hacer resonar las enseñanzas del Corazón divino en aquellos oídos que el amor aguza, y hace percibir sus más secretas voces, y adivinar y comprender sus más suaves latidos. Dirígese también a aquellas almas más tibias en el amor santo de Cristo, a quienes la oración y meditación se hacen pesadas; a aquellas más frívolas en su sentir y en su obrar, a quien la seriedad de las lecturas piadosas asusta; dirígese también, y con más anhelo que a ninguna, a aquellas otras almas del todo mundanas, que rechazan con prevención injusta y anticipada todo lo que esparce desde lejos el suave perfume de la devoción y la piedad. Para estas almas tibias, para estas frívolas o extraviadas, fueron escritas las presentes Relaciones: para que ellas saboreen sin tedio, sin temor, sin prevención, casi por sorpresa, las santas enseñanzas del Corazón divino, se han colocado sanos principios morales y religiosos en estas historietas, mejor o peor hilvanadas, a la manera que colocan ciertas floristas en una vistosa rosa, hecha de viles trapos, el magnífico brillante que imita una gota de rocío.

No por eso es nuestro intento introducir a los suscritores del Mensajero por el peligroso campo de la novela, perjudicial a nuestro juicio en todas sus manifestaciones. Lo es, sin disputa alguna, y en un grado apenas concebible, la novela cínicamente inmoral, descarada propaganda de doctrinas disolventes, envuelta unas veces en obras maestras de genios lastimosamente perdidos, contenida otras en partos monstruosos de ingenios vulgares, e instrumento siempre mortífero de que se sirven la maldad de las sectas y aun los cálculos de la política, con harta más frecuencia de lo que muchos sospechan.

Perjudicial es también por otro concepto la novela escrita de buena fe, por autores que desconocen o parecen desconocer cuánta sea la flaqueza de esta envoltura de tierra en que gime el espíritu; que elevan a éste a las regiones de un idealismo sentimental, y pretenden amoldar los severos principios de la moral cristiana a los amables impulsos de corazones sensibles y de pasiones no combatidas. Cuadros son éstos en que se hace reflejar la purísima luz de nuestra Religión sacrosanta, para producir efectos estéticos, y no para inculcar santas enseñanzas para despertar en el lector agradables impresiones, en vez de moverle a santos impulsos, capaces de engendrar las buenas obras que preservan la inocencia y despiertan el arrepentimiento. ¿De qué creerá que están hechos los hombres, y de dónde deducirá los principios de su moral, el autor que autoriza y llama castos besos y puros abrazos, a los que se dan, a hurtadillas de sus padres, dos enamorados que, según él asegura, se aman como se aman los querubes en el cielo? ¿Qué entenderá por vocación divina, por votos religiosos, por vida espiritual, el autor de una novela, cuya sublime heroína se consagra a Jesucristo, reservando su corazón todo entero para el hombre a quien ama, y a quien tiende todavía los brazos y llama esposo de su alma, después de pronunciados los tres votos solemnes?... Disparates son éstos que, sobre ser soberanamente ridículos, son al mismo tiempo verdaderas profanaciones. Y, sin embargo, esta novela que tenemos a la vista, forma parte de una Biblioteca moral, que no vacilan las madres en poner en manos de sus hijas, con riesgo manifiesto de que aprendan en ella a perder el pudor, que después del temor de Dios es el más bello, el más puro, el más necesario de todos los temores; con riesgo manifiesto de que aprendan a llevar hasta a lo más sublime de los consejos del Evangelio y de los beneficios del amor divino, ese espantoso maridaje de Dios y del mundo, esa mescolanza de placeres sensuales y de falsas devociones que enseña la mística de los periódicos de modas, al entretejer los versos del álbum con las oraciones del Devocionario, y al mezclar el agua merveilleuse que refresca y blanquea el cutis, con el agua que bendice la Santa madre Iglesia Católica!...

Aun la novela verdaderamente moral, escrita con fin laudable y conocimiento profundo del corazón y de sus pasiones, fuera de que disgusta de otras lecturas más útiles, aunque no tan amenas, tiene a nuestro juicio otro grave inconveniente, en cuyos resultados, cómicos unos, trágicos otros, perjudiciales todos, pocos han parado mientes. La novela, como todo género de poesía, tiende por lo menos al idealismo, y conserva como ningún otro los visos de la realidad; exalta, por lo tanto, la imaginación del lector bisoño, sin que apenas se dé cuenta de ello, y forja en su fantasía un bello mundo ideal, que no encuentra luego en las ásperas realidades de la vida: de aquí nace el desengaño prematuro, el descontento de la vida práctica, la amarga misantropía propia del que, acostumbrado a mirar los hombres y las cosas como debieran de ser, no sabe tomarlas tales como son; y de aquí nacen también los trascendentales errores del que pretende calcar los eventos ordinarios de una vida rutinaria y vulgar, sobre las romancescas aventuras de héroes imaginados. «Yo había estudiado el mundo en los poetas, pero no es como ellos lo pintan, dice Madame de Staël. Hay alguna cosa árida en la realidad, que en vano procuramos cambiar en los sucesos cotidianos». Esta cosa árida es la prosa de la vida, que despoetiza todos los sueños, y recuerda al hombre que son más necesarios en los caminos del mundo los prosaicos pies del humilde buen sentido, que las bellas alas de la más inspirada fantasía; prosa inesperada, prosa triste, que sorprende y mortifica y se hace insoportable al que, acostumbrado a vivir con la imaginación en las regiones ideales de la novela, no sabe comprender aquel dicho profundamente práctico, que tantas veces escuchamos en nuestra primera juventud, de ciertos ilustres labios autorizados como ningunos: «La poesía en la vida real, pega lo mismo que una rosa en el puchero». Existe entre nuestros apuntes una desgraciada historia, que quizá publiquemos algún día, con el triste título de Historia de un suicida: prueba irrefragable al par que terrible, de la facilidad con que una imaginación exaltada pega fuego a un corazón caliente, y forja una novela práctica con los imaginados delirios que le sirvieron de pasto.

No se crea, sin embargo, por lo que llevamos dicho, que anatematizamos a aquellos escritores cuyo genio peculiar, cuyo concienzudo estudio del corazón humano, y cuyo conocimiento de la ligereza y frivolidad de la época en que vivimos, les impulsa por la senda, más difícil de lo que a primera vista parece, del buen novelista, como la más adecuada hoy para contrarrestar las malas ideas, propagando las buenas.

Hoy todo es cátedra, todo es púlpito, desde donde puede y debe bajar la enseñanza de Jesucristo, porque la rabia del infierno lo ha convertido todo en cátedra, en púlpito desde donde, con odio sin igual y con furor siempre creciente, sin cesar se la ataca. Lejos, pues, de anatematizar a los buenos novelistas, les concedemos la gran misión, la trascendental tarea que atañe al hábil confeccionador de eficaces contravenenos, que destruyan la mortal influencia que esparce por todas partes la ponzoña de las malas novelas; y si alguien duda de esta utilidad relativa, y quiere medir lo poderosa y eficaz que puede ser esta arma en manos del escritor católico, calcule, si puede, los estragos sin cuento que en manos del impío produce. Pero así como el contraveneno suele ser un tósigo para el que no está envenenado, así también la buena novela suele ser perjudicial, en el sentido que antes indicamos, para los que nunca se sintieron inficionados por la general afición a esta clase de lecturas. Opónganse en buen hora buenas novelas a las malas, puesto que la frivolidad de nuestra época apenas si puede recorrer sin cansancio las cortas páginas de un folleto serio; pero no se despierte la afición, ni aun a las buenas novelas, en aquellos que por dicha suya se encuentran libres de prurito tan desdichado. Así lo entendieron en sustancia santos de tan colosal talla como San Jerónimo y San Gregorio, así lo entendieron y practicaron prelados como el

Cardenal de Wiseman, sacerdotes como el canónigo Schmid, religiosos como los Padres Bresciani y Franco. Así lo entendió también un prelado insigne, a quien llorará siempre la Iglesia de España, cuando, al juzgar las obras de uno de estos tan escasos como privilegiados genios, escribía estas terminantes palabras: «Si me hallase dotado de los talentos del autor me dedicaría decididamente a escribir en este género, del mismo modo y en la misma forma que él lo hace; y esto aunque fuese omitiendo algunos ejercicios de mi santo ministerio. ¡Tan persuadido estoy del incalculable fruto que pueden producir hoy, novelas como El Exvoto!».

En este concepto, y única y exclusivamente en este concepto, es en el que la Dirección del Mensajero del Corazón de Jesús publica este modesto tomito de Relaciones, novelescas ciertamente en su forma, pero basadas todas en hechos históricos, que las hacen diferir esencialmente de la novela, cuyo argumento es siempre parto de la fantasía. Sólo una de estas Relaciones, El primer baile, es una narración fingida de mil episodios verdaderos: es una voz de alerta a la inocencia, y un grito de reproche a la malicia, en peligro de sucumbir la una y dispuesta a triunfar la otra, en ciertos géneros de bailes, que, si bien distamos mucho de creer siempre pecaminosos, creemos que por prudencia unas veces, y por necesidad otras, deben de evitarse siempre, por ser en más o menos grado peligrosos. Ningún moralista ha expresado quizá con tanta energía la inconveniencia de estos bailes, como lo expresa Goethe, el poeta inmoral, cantor de héroes suicidas y de amores impuros, a quien impusieron tan poco los respetos sociales y los temores devotos. En su famoso libro Werther, escribe éste a Guillermo, después de haber valsado con Carlota: «Te lo diré ingenuamente, Guillermo: entonces me hice el juramento de que mujer que yo amase y sobre la cual tuviera algún derecho, no valsaría jamás con otro que conmigo; jamás, aunque me costase la vida. ¿Me comprendes?...».

Acepten, pues, los suscritores del Mensajero la dedicatoria de estas Lecturas recreativas, como un arma que el amor del Corazón divino pone en sus manos, para atraer suavemente a las buenas lecturas a todas aquellas almas, cuya frivolidad, cuya tibieza o cuyas prevenciones, les impide ir a buscar en lecturas más serias las enseñanzas y caminos del amor de Jesucristo.

«El primer paso para elevarse a la perfección, dice San Basilio, es alejarse del mal; a la manera que el primer paso para subir a una escala, es levantar el pie de la tierra».

Sean, pues, estas Lecturas recreativas el primer paso que aleje de las malas novelas a tantas almas que pudieran y debieran encontrar solaz y provecho en obras como la Guía de pecadores y la Imitación de Cristo.

LUIS COLOMA, S. J.

EL PRIMER BAILE

Fantasmas verdaderos

Qui potest capere, capiat.

El que pueda comprender, comprenda.

(SAN MATEO, cap. XIX, v. 12)

La Señora Marquesa estaba de un humor insoportable: habíase levantado media hora antes, y envuelta en un rico peinador guarnecido de encajes de valenciennes, tomaba chocolate con bizcochos que iba cogiendo de una salvilla de plata. En este breve tiempo había reñido a la doncella francesa porque hacía frío, y al valet de chambre porque la chimenea daba calor: había despedido con cajas destempladas a sus cuatro hijos menores, que con el aya inglesa al frente entraban en corporación a darle los buenos días; y había también, -y esto era grave- negado una sopita de chocolate a Fly, la galguita inglesa: ofendida ésta de tan desacostumbrado desaire, volvió el rabo a la ilustre dama, y se tendió en su cojín de terciopelo, aplicando al favor de los poderosos, que personificaba en su dueña, aquella sentencia de su paisano Shakespeare: «¡Inconstancia! tu nombre es mujer».

Indudablemente aquellos primeros truenos anunciaban una tormenta deshecha; y, allí a dos pasos, sin ningún paraguas que la resguardase del aguacero, sin ningún para-rayos que la pusiese a cubierto de las chispas eléctricas, se hallaba la pobre Lulú, la hija mayor de la Marquesa, colegiala quince días antes en el colegio del Sagrado Corazón. La pobre niña, no pudiendo esconderse en ninguna parte, escondía al menos las manos en los bolsillos de su bata, y clavaba los ojos en la alfombra como si estudiase sus dibujos, por no atreverse a fijarlos en el encapotado rostro de su madre.

-Quiero que me digas -decía ésta con ese tono breve y convulso propio de la cólera contenida, por qué no quieres venir al baile de la Embajada.

Y para dar tiempo a la respuesta, la señora Marquesa se tomó una sopa de chocolate. Lulú no contestó: hizo dos o tres pucheritos, y escondió aún más hondamente las manos en los bolsillos de la bata. De buena gana hubiera escondido también la cabeza; pero eran los bolsillos demasiado pequeños.

-¡Contesta y no me desesperes! -exclamó la Marquesa, llegando ya a los límites de la exasperación. ¿Por qué no quieres venir al baile?

Lulú se echó a llorar.

-¡Dios nos asista! -exclamó la dama. Baile más llorado y más rabiado, jamás se ha visto en la vida... Contesta, niña, contesta; que es tu madre quien te pregunta.

Lulú levantó al fin aquellos hermosos ojos azules que respiraban candor y pureza, y, dijo con voz ahogada:

-Porque no quiero ponerme escotada...

-¿Acaso temes constiparte? -dijo la Marquesa, que no alcanzaba otra causa de aquella repugnancia.

-No, señora; no es por eso... Es que decía la madre Catalina...

-¡Ah! -exclamó la Marquesa, irguiéndose en su butaca, cual Juno en su carro tirado por pavos reales. ¡Decía la madre Catalina! ¿Y qué decía la madre Catalina?...

-Que ese traje no era... vamos, que no era decente... y que las señoras que ponen la moda, eran las que debían de desterrarlo.

La Marquesa se puso pálida de rabia, y si la madre Catalina llega a caer en aquel instante en sus manos, cierto es, que vuelve al convento sin ojos y sin toca.

-¿Con que eso decía la madre Catalina? -exclamó con cierta calma rabiosa.

-Sí, señora; y el P. Jacinto me dijo...

-¿También el P. Jacinto?

-Sí, señora; el P. Jacinto me dijo que procurase no vestir nunca de ese modo.

-¿Porque sin duda era pecado?...

-No me dijo que fuese pecado... Sólo me aconsejó que no lo usara.

-¿Y que más te dijo el P. Jacinto?...

-Que no valsase.

-¿Porque era también pecado?...

-Tampoco me dijo que fuese pecado; pero me aconsejó también que no lo hiciera.

-¿Y qué razón tenía para eso el P. Jacinto?

-Eso no me lo dijo.

-¿Y la madre Catalina?

-Tampoco me dijo nada.

La Marquesa estalló al fin: apuró de un sorbo el resto del chocolate, como para tomar fuerzas, y volvió a colocar con tal violencia la jícara en el platillo, que lo rompió en dos pedazos. El agua sufrió los flujos y reflujos del mar en su copa de cristal de Bohemia; los bizcochos se dispersaron por el suelo, anunciando el final del desayuno; Lulú se encomendó a todos los santos del cielo; la imposibilidad británica de Fly, se contentó con levantar la cabeza.

-Pues mira -dijo la Marquesa, dando con el puño cerrado en el brazo de la butaca. ¡El P. Jacinto manda en su sotana, y la madre Catalina en sus enaguas, y yo mando en mi casa y en mi hija! ¿te enteras?...

Lulú no se enteraba: asustada la pobre niña había cruzado sus manitas, y rezaba mentalmente, sin darse cuenta de ello, aquella oración del Trisagio: ¡Aplaca, Señor, tu ira, tu justicia y tu rigor: ¡misericordia, Señor! La Marquesa continuó elevando progresivamente la voz, hasta las últimas notas de un furioso crescendo.

-¡Vendrás esta noche al baile de la Embajada, por encima del sombrero de teja del Padre, y por encima de la toca de la Madre!... ¡Irás con el traje escotado que va a traer la modista!... ¡Valsarás con el Duquesito, porque así se lo he prometido yo, y porque es menester que aprendas lo que el P. Jacinto y la madre Catalina debieron de haberte enseñado!... ¡Es menester que aprendas a obedecer a tu madre!

-Pero, mamá -exclamó Lulú llorando a lágrima viva; si me dijo el P. Jacinto...

-¿Que más dijo el P. Jacinto?

-Que si V. me lo mandaba, y yo no podía convencerla, que en las dos cosas obedeciese.

-¡Pues como no me has convencido, vendrás al baile de pie o de cabeza!

-Sí, señora; iré de pie y como V. mande.

La Marquesa bajó dos puntos el diapasón de su cólera, y añadió en tono dogmático:

-El tercer mandamiento de la ley de Dios, manda honrar padre y madre.

-No es el tercero, mamá; es el cuarto. El tercero es santificar las fiestas.

-¡El tercero o el cuarto, o el veinte mil quinientos! -exclamó la Marquesa, que estaba más fuerte en el reparto de la última ópera, que en el orden riguroso de los preceptos del Decálogo. ¡Lo que importa es que lo tengas presente!

-Sí, señora; haré lo que V. mande.

-Pues no faltaba más, sino que pretendiese el P. Jacinto turbar la paz de mi casa!...

-No, señora, no -le interrumpió Lulú. El P. Jacinto es un santo.

-¡Pues que lo pongan en un altar y le enciendan dos velas! -replicó violentamente la Marquesa. Pero de ninguna manera tolero que por causa de sus chocheces, me seas desobediente.

-Pero mamá, si...

-¡Calla!... Y mira que no le vayas a hablar al Duquesito, del P. Jacinto, ni de la madre Catalina, ni de novenas ni monjíos, ni de las bobadas del colegio... Ya ese tiempo pasó, hija mía: ahora es menester que pienses en que eres ya una señorita que va a entrar en el mundo... Por eso quiero presentarte esta noche en la Embajada... El Duquesito es un pollo de lo más agradable que darse puede... te quiere muchísimo... No queda día que no pregunte por la bella Lulú...

-¿Por mí? -dijo Lulú, abriendo los ojos asombrada. ¡Pues si sólo una vez le he visto en la vida!

-¿Y qué te pareció?

-Me pareció muy tonto.

-¿Tonto?... ¿Tonto el chico más a la moda de Madrid?... ¿Tonto el mejor partido de la corte?

-¡Pues si no me dijo más que tonterías!... que si el Real estaba lleno y el Español vacío... que su caballo Pitt había ganado una copa en el hipódromo... que iba a introducir la moda del frac encarnado... Yo le dije que parecería un cangrejo...

-¿Eso le dijiste? -exclamó otra vez sulfurada la Marquesa.

-Se me escapó sin pensar, y creo que no le gustó, porque se puso muy serio.

-¡Pues claro está!... ¿Cómo había de gustarle?... Vamos, si esta hija mía parece que viene de las Batuecas... ¡Decirle que parecería un cangrejo!... ¿A quién sino a ti se le ocurre semejante sandez?... ¿Sabes lo serio que ha sido el asunto de los frac colorados?... Periódicos muy formales han discutido si debía o no de admitirse, y justamente el Duquesito era el defensor más acérrimo... ¡Y decirle que parecería un cangrejo!... Vamos, si eso no se le ocurre más que... al P. Jacinto o a la madre Catalina...

-¿Pero yo, qué entiendo de eso, mamá? -dijo Lulú apurada.

-Pues aprende, o a lo menos calla, que ni siquiera a callar has aprendido en el colegio... Este es el fruto de la decantada educación de monjas que tu abuela me obligó a darte, prosiguió la dama en tono patético. ¡Para esto me impuso el inmenso sacrificio de tenerte en el colegio, separada de mí, hasta los diez y siete años!...

La señora Marquesa mentía al decir esto, con un descaro digno de su lavandera: la pobre Lulú había permanecido en el colegio hasta los diez y siete años, porque estorbaba a su madre para la vida, no licenciosa, pero sí frívola y disipada que llevaba porque la edad de la niña ponía de manifiesto que la de la señora Marquesa había pasado mucho tiempo antes los límites de la juventud; porque le era preciso a su vanidad ocultar todo el tiempo posible, aquellos años que todos los ardides de la infeliz no lograban borrar de su inexorable fe de bautismo; aquellos años que sonriendo irónicamente iba contando la muerte; aquellos años en que los pasatiempos y frívolos devaneos de la mujer, habían ahogado los sencillos, los puros, los santos goces de la madre... ¡Aquellos años que habían de ser juzgados día por día, hora por hora, momento por momento, en el terrible tribunal en que sentencia Jesucristo las almas de los muertos!...

II

Las lamentaciones de la dama fueron interrumpidas por Nanette, la doncella francesa, que anunció la llegada del traje de la señorita.

La Marquesa lanzó una exclamación de alegría, y se levantó para recibirlo: Lulú no se movió de su sitio. Un criado entró cargado con una inmensa excusabaraja de finísimos mimbres, y la depositó sobre la alfombra. Nanette levantó la tapa, y apareció el confuso remolino de gasas, crespones, flores y cintas, que constituían el traje de baile. La misma Marquesa, ayudada por Nanette, colocó artísticamente el vestido sobre un diván de raso azul celeste: era de gasas blancas, y no tenía más adornos que algunas guirnaldas de jazmines.

-¡Lindísimo! -exclamaba la Marquesa, buscando para contemplarlo el verdadero punto de vista. ¡Qué sencillez, y al mismo tiempo qué novedad y qué elegancia!... ¡Ah! si Madame Tête-vide es la encarnación del gusto parisiense... Mira, Lulú, mira... ¡Vas a tener un succès asombroso!...

La señora Marquesa participaba en alto grado de la elegante manía, criticada ya por el P. Isla en aquella célebre aleluya:

Yo conocí en Madrid una Marquesa
Que aprendió a estornudar a la francesa.

Lulú no se movió de su sitio, y miraba con tristes ojos el lindísimo traje: su primera mirada había sido para el escote, que en honor de la verdad era todo lo alto y decente que esta moda permite a las señoritas jóvenes: a las señoras casadas, sin que nosotros alcancemos el motivo, se les permite en este caprichoso código ofender con toda libertad el pudor y la modestia.

-Pero hija, ven acá -gritó la Marquesa-; que no parece sino que te llamo para enseñarte la mortaja.

-Así quiero que me hagan la mía -dijo Lulú levantándose. Blanca como este traje; pero ha de ser cerrada hasta arriba, y en vez de jazmines tendrá azucenas, que significan pureza.

-¡Vamos! -exclamó la Marquesa, dispuesta a encolerizarse por tercera vez. No falta más sino que nos prediques ahora un sermoncito sobre la muerte y las vanidades humanas... ¡Mira, Luisa, no me seas necia! Entra en mi alcoba y ponte el traje al momento...; quiero ver cómo te sienta, y quiero enseñarte a llevar la cola. De seguro que no sabes dar un paso con ella.

Lulú apareció al fin vestida de baile; y al ver retratada su imagen en el inmenso espejo que reflejaba al día las tres o cuatro toilettes de su madre, no pudo menos de sonreírse. Se había encontrado tan bonita, que se olvidó por un momento de la mortaja cerrada hasta arriba, y de las azucenas que significaban pureza. La Marquesa se sonrió también: la mujer había comprendido a la mujer, y por eso concibió esperanzas de derrotar al P. Jacinto.

-¡Delicioso! -exclamaba, arreglando los largos pliegues de la cola del traje. Anda un poquito para allá, Lulú... Baja un poquito la segunda falda, Nanette... ¡Mira, mira este puff sostenido con dos lazos! ¡es lo más elegante y atrevido que he visto! ¡Ah! ¡este puff mariposa es un tour de force admirable!... ¡Madame Tête-vide es un genio!...

Un golpecito sonó en aquel momento en la puerta del tocador, y una voz varonil gritó desde fuera:

-¿Le es permitido a un simple mortal, entrar en el santuario de la diosa?

-¡Adelante, adelantado! -exclamó alegremente la Marquesa.

Lulú quiso huir, pero la detuvo su madre diciendo:

-¿Pero adónde vas, hija?... Si es el tío Conde. El tío Conde era un anciano de franca y noble fisonomía, marcial aspecto, cabellos blancos como la nieve, y en cuyo pecho se destacaba la ilustre cruz roja de la orden de Calatrava.

-¡Magnífico! -exclamó deteniéndose a la puerta. ¡Qué grupo tan delicioso!... No os mováis, por Dios, que parecéis así unidas la mañana y la tarde de un hermoso día.

-¡Qué galante ha amanecido hoy el señor Conde! -dijo riendo la Marquesa: apuesto a que para todo esto en pedirme de almorzar...

-¡Hermosa como la luz, discreta como la sombra! -dijo el Conde, sentándose en el diván celeste. Acertaste, sobrina: vengo a que me des de almorzar, y a que me prestes un coche para ir luego a palacio. El mío me lo tiene embargado hoy un entierro.

-Admito lo de la mañana y la tarde, en pago del almuerzo, y exijo en pago del coche que me diga V. lo que le parece mi Lulú con su traje de baile.

-Trato hecho -contestó el Conde; y arrellanándose en el diván, se caló sus quevedos de oro.

-¡Admirable, admirable, admirable! -decía examinando a la niña de pies a cabeza. De seguro que cuando llegue a hablar de Lulú el cronista del baile, moja la pluma en bandolina en vez de mojarla en tinta... Hebe sirviendo la copa a los dioses será menos hermosa... Ofelia apareciéndose a Hamlet, menos ideal... Psiquis elevándose al Olimpo, menos vaporosa. Pero ¿quieres que te diga mi opinión, Lulú, hija mía?... Pues oye el consejo de un viejo. Luce ahora el traje delante de tu madre; lúcelo también delante de este viejo, que se ofrece a bailar contigo entre estas cuatro paredes, desde un rigodón hasta una polka... Es más: que se ofrece a traerte aquí dos o tres parejas de su confianza, aunque tenga que buscarlas a la luz de una linterna, como Diógenes buscaba un hombre sensato por el foro de Atenas; porque, aunque no abunden, es cierto que se encuentran. Pero créeme, hija mía: cuando llegue la hora de ir a la Embajada, ponte tu gorrito de dormir, cena un huevecito pasado por agua, y vete a la cama después de rezar el rosario...

-Eso decía yo ahora mismo -exclamó Lulú vivamente.

-Y hablabas como un libro -añadió su tío.

-¡Vamos! -dijo impaciente la Marquesa. ¿Si tendremos aquí otro P. Jacinto sin manteo ni sotana?

-¿Quién es ese P. Jacinto?

-Un exclaustrado del año 34, que se cree que estamos todavía en los tiempos de las golas de lechuguilla, y de los minuets cantados.

-¿Dónde vive? -preguntó gravemente el Conde.

-¿Va V. a confesarse? -replicó con ironía la Marquesa.

-No; porque me confesé ayer: voy a consultarle una duda teológica.

-¿Y cuál es ella?

-Que me parece que la mujer no fue formada de la costilla del hombre.

-Pues téngalo V. por cierto -respondió la Marquesa, sin sospechar adonde iba a parar la broma. No la formaron de la costilla, sino del corazón: por eso la mujer se lo llevó todo, y el hombre se quedó sin ninguno.

-Cuando las veo a la cabecera de sus hijos, enseñándoles a rezar el Bendito, como a mí me lo enseñó mi madre, que era tu abuela, creo lo que dices, sobrina -respondió el Conde con aquel tono serio-burlón de que se servía, para hacer a la Marquesa los más tremendos cargos. Pero te confieso que me vuelve a asaltar mi duda, cuando satisfechas con esas baratijas de tocador, las veo dar más importancia a los bullones de un puff, que... al gobierno de su casa.

El Conde iba a decir que a la educación de sus hijos, pero la presencia de Lulú le contuvo.

-Pero ¿cuál es esa duda? -preguntó la Marquesa, sin darse por entendida.

-Pues ya lo he dicho: que la mujer no fue formada de la costilla del hombre.

-¿Pues de qué lo fue entonces?

-Del rabo de una mona2 -dijo gravemente el Conde.

Lulú se echó a reír a carcajadas. La Marquesa se mordió los labios: acostumbrada sin embargo a las indirectas del Conde, que había sido para ella un segundo padre, y cuya rica herencia esperaba, contestó chanceándose:

-¡Vaya con el señor Conde! -en cuanto vio seguro el almuerzo, ha dado ya al traste con todas sus galanterías.

-Y no creas que esto me lo ha dicho la falsa ciencia de algún darvinista -prosiguió el anciano. Me lo dijo el buen sentido de un pobre patán que conocí en mis posesiones de Andalucía.

-¡Bien decía yo que la tal sentencia me olía a ajos!

-La verdad nunca huele a ámbar en las narices, que escuece, sobrina... Explícame, si no, de otro modo, estos dos hechos en que mi filósofo de los campos fundaba su sistema. Primero, que las monas no tengan rabo: segundo, que tengáis algunas de vosotras esas tendencias darvinísticas...

-Ya no me extraña que si tal concepto le merecían las mujeres, jamás haya V. querido volverse a casar después de viudo.

-No, hija mía; porque habrás notado que no he dicho todas, sino algunas... Si todas fueran así, no me hubiera casado nunca.

-¿Sabe V. lo que estoy pensando, tío? -dijo la Marquesa, picada hasta lo sumo: que podría V. irse con mi hija a dar por ahí una misión contra los bailes y las modas. Lulú personificaría la inocencia: V. tío, añadió recalcando la frase, podría personificar el arrepentimiento.

-Con lo cual nadie podría argüirme de que hablaba de lo que no entendía.

-Pero sí de que el diablo, harto de comer carne, se había metido a fraile.

-¿Y crees tú que si ese señor Mefistófeles pusiera al servicio de Dios su experiencia de diablo y, su ciencia de ángel, no haría mucho fruto?... Si Lulú quiere, esta misma noche empezaremos la misión a la puerta de la Embajada.

Sí, tiíto -respondió Lulú alegremente: más fácil me será aprender el sermón que bailar con esta cola.

-Pues queda convenido, asintió el Conde. Predicaré por una ventanilla del coche y diré a las madres de familia: «Ciegas fuisteis para vosotras: ciegas sois para vuestras hijas... Vuestra ceguedad os disculpa... en parte. Cuidad de que no sea también vuestra ceguedad la que os condene...». Y asomándome por la otra ventanilla, porque dividiré el auditorio por sexos, como hacen en las sinagogas, diré a los padres de familia: «¡Perdisteis la memoria señores míos!... ¡Acordaos de que ya no sois vosotros los galanes!... ¡Acordaos de que las damas son ahora vuestras hijas!...».

-Pues si todos entienden el sermón como yo -dijo Lulú moviendo la cabeza, no serán muchos los convertidos.

-No importa que tú no lo entiendas... Mira cómo tu madre me entiende.

-Entiendo, tío mío, que me está V. haciendo una mala obra -dijo sentida la Marquesa.

-La del padre que corrige -replicó el Conde, inclinándose a su oído: la del amigo que salva...

-¿Pero acaso soy yo una samaritana?

-¡No por cierto!... eres una mariposa, y tu hija necesita un ángel de la guarda.

La Marquesa se echó a llorar. Lulú, que nada había advertido, dijo muy seria:

-Pues si V. predica desde la ventanilla, yo predicaré desde el pescante, y diré a todo el auditorio: «Señores: las doce han dado ya: tengo mucho sueño, y no puedo dar un paso sin tropezar con esta cola... Conque muy buenas noches; que me voy a cenar con mi tío un huevo pasado por agua, y a acostarme después de rezar el rosario!...».

Y haciendo una graciosa cortesía, echó a correr hacia la alcoba de su madre, para despojarse de su traje de baile. Detúvose, sin embargo, en la puerta, y preguntó sonriendo:

-Mamá... ¿le encargo al tío que prepare el huevo pasado por agua?

La Marquesa estuvo a punto de decir que sí: el Conde la interrogaba con la vista.

-¡Imposible! -dijo al fin, contestando a éste: he dado mi palabra al Duque.

-¿Y qué importa? -instó el anciano en voz baja.

-Se disgustaría, y no quiero que por mí pierda Lulú la mejor boda de la corte.

III

A las tres de la madrugada arrancaba de la Embajada el magnífico landó de la Marquesa, conduciendo a ésta y a su hija de vuelta del baile.

Envuelta Lulú en su albornoz forrado de pieles, se había recostado en un rincón del coche sin decir palabra: hallábase fuerte dolor de cabeza.

-¿Tienes sueño, Lulú? -le preguntó su madre.

-Mucho -contestó la pobre niña. ¡Si viera V. cómo me duele la cabeza!

-Eso es la falta de costumbre: mañana podrás desquitar el sueño.

Lulú no contestó, y la Marquesa calló también, preocupada, no con la insignificante dolencia de su hija, sino con aquellas últimas palabras del Conde, que acudían en aquel momento a su memoria, con esa pertinacia, con esa fuerza convincente, con esa claridad avasalladora con que el remordimiento presenta al hombre, después de cometida la falta, aquellas mismas razones que antes de cometerla encontraba la pasión tan débiles e ilusorias. Las conveniencias sociales, el porvenir de su hija, la boda del Duquesito, pretextos todos con que había querido engañar a ese necio que se llama uno mismo, tan fácil de persuadir cuando se halaga su deseo, desaparecieron en aquel momento, cual desaparecen en la oscuridad los falsos colores de un prisma, para hacerle ver en toda su desnudez aquella amarga verdad que entre bromas y veras le había dicho el anciano: -«Tu frivolidad, tu loco afán de gozar y divertirte, es lo que disfrazas con las exigencias de tu rango y del porvenir tu hija».

-¡Es cierto! ¡es cierto! -se dijo amargamente la Marquesa. ¡Lulú necesita un ángel que guarde y no que exponga su inocencia!... Yo no soy una samaritana ¡es verdad!... pero soy una mariposa, frívola madre de... orugas.

Una tos seca y nerviosa se escapó en aquel momento del pecho de Lulú, y un ¡ay! doloroso acudió a sus labios.

-¿Qué es eso, hija mía? -exclamó asustada la Marquesa.

-No sé, mamá -respondió Lulú: me duele aquí en el costado derecho... Será el corsé que me aprieta un poco.

Lulú despidió a su doncella después de vestirse una bata de noche: dejose caer entonces en una pequeña butaca forrada de raso color de rosa, y permaneció largo tiempo inmóvil, mirando sin ver, con los ojos fijos en el suelo. Quería darse cuenta de sus impresiones; pero las ideas se agolpaban con tal rapidez a su mente, que la aturdían, sin que pudiese analizarlas y ni aun siquiera definirlas. Sentíase por otra parte sumamente fatigada: agudas punzadas taladraban sus sienes, y aquel dolor del costado derecho le hacía toser de cuando en cuando seca y dolorosamente. La pobre niña se levantó para acostarse: un pensamiento la detuvo sin embargo. Grave como un aviso del cielo, distinto como una luz de Dios, había acudido a su memoria el último consejo del P. Jacinto, la súplica diaria de la madre Catalina: No te acuestes un solo día sin hacer antes examen de conciencia.

Lulú se dirigió a un precioso reclinatorio gótico, colocado a la cabecera de su cama. Había en él una pequeña estatua del Sagrado Corazón, que había traído del colegio, igual en todo a la grande que allí tenían en el altar mayor de la capilla. Lulú se arrodilló ante aquel antiguo amigo, que desde su infancia le mostraba el corazón abierto, y apoyando la frente en ambas manos, comenzó a abrirle de par en par el suyo. Así pasó un cuarto de hora: levantó al fin la niña la cabeza, y sus ojos fueron a encontrarse con los ojos de la imagen: los de Cristo reflejaban amor inmenso; los de Lulú inocencia perfecta. Rezó entonces el acto de contrición, y dio al Señor humildes gracias por haberla preservado de toda culpa. El mal espíritu tocó entonces con su inmundo dedo aquella pura frente, para despertar en ella este pensamiento:

-¿Ves cómo tu madre tenía razón?... El P. Jacinto exageraba... ¡En nada has ofendido al Sagrado Corazón de Cristo!

A poco dormía Lulú fatigosamente, y parecíale hallarse en los salones de la Embajada valsando con el Duquesito. La orquesta tocaba un vals de Straus, y Lulú se divertía mucho, atravesando a la carrera, como en otros tiempos el patio del Colegio, aquel salón inmenso que crecía, crecía siempre, como si la pared del fondo huyese ante Lulú para dejarle más ancho campo. Los caballeros le decían, al pasar, que era bonita; pero Lulú no hacía caso, porque una calavera se asomó por el marco de un espejo, y le dijo con la misma voz del P. Jacinto: ¡Lo que eres fui; lo que soy serás!

El Duquesito valsaba muy bien: llevaba el frac colorado, y Lulú se reía, porque le parecía un cangrejo que valsaba tan de prisa, tan de prisa, que la niña sintió al fin un vahído y quiso detener a su pareja; pero el Duque soltó una carcajada, y siguió valsando al compás de la orquesta, tan rápido ya que era vertiginoso. Lulú se echó a llorar, porque el Duque la agarraba con dos manos fuertes como tenazas de hierro, que le hacían un mal horrible en el costado derecho. Llamó a gritos a su madre; pero su madre la miraba riéndose, y se echaba fresco con el abanico. Llamó entonces al tío Conde; pero el tío Conde no estaba allí; por eso no contestaba, y la pobre Lulú seguía valsando, valsando al compás de aquella música más rápida que la bajada del infierno.

De repente le faltó la luz y le faltó el suelo, y los zapatitos de raso de Lulú se hundían en una tierra húmeda y pegajosa que le daba escalofríos; pero seguía valsando al compás de la orquesta, que ya no era de violines y flautas, sino de chirimías y gritos de búhos, porque el Duquesito le clavaba, cual una garra, la mano derecha en el costado, causándole aquel dolor atroz que la hacía toser cruelmente. Vio entonces en la oscuridad, que la linda persona del Duque despedía un fulgor asqueroso que a ella no le tocaba, pero que, sin saber cómo, ella misma encendía: vio que clavaba los ojos, cual dos saetas envenenadas, en su rostro y en su cuello desnudo, arrojando unas llamas impuras que aterraron a la pobre Lulú, porque amenazaban manchar la blancura de su alma, como mancha la baba de un caracol los pétalos de una rosa... ¡Y a pesar de todo Lulú seguía valsando, valsando, porque su madre se lo mandaba!... ¡porque ningún auxilio humano la socorría!...

De repente vio a lo lejos, sin saber cómo, un grupo de árboles, y un hombre postrado en tierra, como pintan a Jesucristo en el huerto de las olivas. Lulú gritó ¡Jesús mío! y Jesús se puso en pie a aquel grito, hermoso, fuerte, imponente, con el corazón llagado en las manos, como le había visto tantas veces en el altar del colegio; como le acababa de ver en la imagen del reclinatorio; pero el Duque seguía valsando sin soltar su presa, y lanzaba a veces feroces rugidos. Jesús levantó la mano con imperio y le mandó detenerse; pero el Duque levantó la suya sin soltar a Lulú, y descargó un bofetón en la mejilla de Cristo.

-¡Perdón, Jesús mío, que yo soy la causa! -gritó Lulú retorciéndose las manos.

Jesús retrocedió dos pasos y arrojó al suelo para detener al Duque, un puñado de su propia sangre; pero el Duque no soltó a Lulú, y siguió valsando sobre la sangre de Cristo.

-¡Perdón, Jesús mío, que yo tengo la culpa! -gimió Lulú, mesándose el cabello.

Y Jesús, por salvar a la niña, arrojó al suelo, a los pies del Duque, su Corazón henchido de angustia.

Pero el Duque siguió valsando sin soltar a Lulú, y levantó el pie para pisar el Corazón Sagrado de Cristo.

Lulú dio un grito espantoso, y se encontró al despertar, sentada en su lecho. Allí estaba sobre un sillón el blanco traje de baile; allí estaba en el reclinatorio la imagen de Cristo: en el costado derecho sintió la pobre niña el horrible dolor que le cansaba en sueños la férrea mano del Duque. La luz del sol traspasaba ya las cortinas de color de rosa, prestando a toda la alcoba un tinte risueño...

Al grito de Lulú acudió desalada su doncella: detrás llegó la Marquesa anhelante. Lulú pálida, desencajada, con los ojos fuera de las órbitas, tosiendo de un modo que helaba la sangre, tendió los brazos a su madre: ésta se arrojó en ellos llorando.

-¡Mamá! ¡mamá! -decía Lulú en voz tan profunda y queda, que aterraba el oírla. ¡Allí! ¡allí!... en el baile..., en el huerto... el Duque pisaba la sangre... ¡Yo no!... ¡Yo no pequé!... ¡no, no, Dios mío! pero por mi culpa... ¡por mi culpa pisaba aquel hombre la sangre de Cristo!

Y una convulsión horrible retorció el cuerpo de la infeliz niña, como los anillos de una culebra.

-¡Lulú!... ¡hija mía! ¡Luisa!... ¡hija de mi alma! exclamaba la Marquesa. ¡Serénate, por Dios!... ¡eso es una pesadilla!...

-¡No! ¡no! ¡no! -gritó Lulú con una energía horrible. ¡En el baile fue donde soñé... en el sueño fue donde estuve despierta!

Aterrada la Marquesa envió a buscar al médico, y éste declaró sumamente grave el estado de la niña. Tenía a su juicio una pulmonía fulminante, cogida sin duda al salir de la Embajada, y aumentaba el peligro una horrible excitación nerviosa, cuya causa no comprendía.

IV

Tres días después el gran salón de la Marquesa se hallaba de arriba abajo colgado de raso blanco: en medio se levantaba un catafalco de terciopelo también blanco. Sobre él yacía el cadáver de Lulú: su mortaja era blanca como su traje de baile; pero estaba cerrada hasta arriba, y en vez de jazmines tenía azucenas, símbolo de la pureza...

Las manos de la niña sostenían la pequeña imagen del Sagrado Corazón, que había traído del colegio.

Ella misma lo había así dispuesto.

RANOQUE

- I -

Fomentad el trabajo: enseñad el catecismo... así reorganizaréis a lo que llamáis pueblo, sin más código que los preceptos del Decálogo.

Terminaban ya los últimos días del otoño, y la naturaleza entera parecía tomar ese tinte de suave tristeza, propio de todo bien que acaba: caen las hojas, marchítanse las flores, huyen las nubes, debilítase la luz, entíbiase el sol, congélanse los ríos, y el alma se inunda de cierto sentimiento melancólico, al encontrar secretas analogías entre estas escenas de la naturaleza y las de la vida del hombre. También pasan para él los años, también huyen las ilusiones, se debilita la inteligencia, se entibian los amores, y la vida lentamente se paraliza, hasta que al cabo se hiela y perece!...

Este tinte de tristeza hacia aún más imponentes y sombríos los espantosos derrumbaderos de la serranía de R***: pasa por allí una estrecha y solitaria carretera, que formando las ondulaciones de una enorme serpiente, va a empalmar, no lejos de un ventorrillo, con el camino real que desde Cádiz conduce a Madrid. Entrase el camino a dos leguas de M*** por una angosta garganta, y sin abandonar nunca la falda de la sierra, cubierta de jarales, lentiscos, madroños y carrascas, llega al fin a una dehesa salvaje, que cierra el horizonte con un encinar espesísimo.

Si alguna otra mirada que la de Dios hubiese penetrado entre aquellas solitarias breñas, a la caída de cierta tarde de noviembre, hubiera podido contemplar con extrañeza, y aun quizá con temor, el sospechoso grupo que formaban un hombre, una mujer y un niño, cruzando rápidamente la solitaria carretera. Era el primero un ciego de repugnante aspecto, a cuyo torvo semblante hacía sombra un sombrero calañés viejo y mugriento: un sayal pardo, remendado y sucio, cuyas mangas, atadas en las extremidades con tomizas, le servían de alforjas, le cubría, dejando asomar tan sólo unas piernas macizas, algo torcidas, de esas a que parece faltar alguna cosa cuando no llevan un grillete. Llevaba terciada a la espalda una guitarra mugrienta: apoyábase con la mano derecha en una larga chivata, y asíase con la izquierda a las asquerosas faldas de la mujer que le guiaba. Tenía ésta la misma edad y catadura de su innoble compañero: veíanse en su rostro, horriblemente picado de viruelas, junto a las señales de la miseria las huellas del vicio, y caminaba no sin fatiga, llevando a la espalda un gran morral, lleno al parecer de trapos viejos y utensilios de cocina.

Detrás corría anhelante un niño de ocho años, sin más vestido que un pantalón destrozado, sujeto con un sólo tirante de orillo, y una camisa hecha jirones, que dejaba asomar por todas partes sus carnes blancas y sucias, cual un objeto de marfil salido de un basurero. Llevaba también a la espalda un morralillo, para su edad harto pesado, lleno de coplas y romances impresos, y érale forzoso correr incesantemente, para seguir el rápido paso de los que delante caminaban; a veces deteníase sin aliento, cubierto de sudor, destrozados los piececillos descalzos por la abundante gleba del camino; y al ver que sus compañeros no detenían el paso, ni le prestaban auxilio, gritaba angustiado:

-¡Mae, mae!... ¡que no pueo!...

La mujer volvía entonces el rostro, descompuesto por una extraña rabia, y gritaba:

-¡Pues haz un podé, condenao!

También el ciego volvía la cabeza, revolviendo sus horribles ojos sin vista; y amenazando al chiquillo con la chivata, decía por lo bajo a la mujer, con espantosa saña:

-¡Aplástale la cabeza, Cachana!...-¡Apriétale el gañote acabamos pronto!

La mujer se retorcía las manos, jurando y maldiciendo, y apresuraba más y más el paso de aquella espantosa carrera, semejante a la de dos demonios que arrastrasen tras de sí el alma de un inocente.

De repente se detuvieron ambos a la orilla del camino; cambiaron entre sí algunas palabras, gesticulando furiosamente, y dejando al fin la carretera, comenzaron a trepar por una escabrosa senda que se abría paso entre las carrascas y lentiscos de la sierra. El niño hizo entonces un esfuerzo desesperado: comenzó a correr lleno de angustia, temiendo a cada instante ver desaparecer a sus compañeros, entre los agrestes vericuetos de la sierra, y entró también en la vereda que estos seguían. La Cachana caminaba rápidamente, como por terreno conocido, arrastrando tras de sí a su compañero: mas las escabrosidades del camino embarazaban a cada paso la marcha del ciego, y esto daba lugar a que el niño pudiera seguirles más fácilmente. Poco a poco fuéronse internando en lo más áspero de la sierra, y llegaron al fin a una estrecha cueva natural, asilo de pastores y bandidos, incrustada entre dos altas peñas, que cerraban el horizonte por todas partes, dejando ver tan sólo un pedazo de cielo cubierto por nubes plomizas, que desgajaba y hacía correr ante sí, un fuerte vendaval que entonces se levantaba.

La Cachana dejó caer al suelo, sin deshacerlo, el morral que a la espalda traía, y comenzó a dar vueltas por la cueva y sus contornos, con cierta inquietud siniestra, semejante al azoramiento que turba al criminal, antes de cometer el crimen, o le persigue y le atormenta después de cometido. La sierra, cortada casi verticalmente por detrás de la cueva, formaba una especie de cañada, por cuyo fondo corría un arroyo: podíase descender a él no sin trabajo, siguiendo un recodo que formaba la vertiente de la montaña, hasta llegar al fondo de la cañada, imponente siempre, y aterradora entonces por la soledad del lugar, y el callado silencio de la noche, que lentamente se aproximaba.

La Cachana volvió a la cueva con un hacecillo de ramas secas, que arrojó al suelo como si fuese a encender una hoguera. El ciego se había sentado dentro en un peñasco; tenía al lado la chivata, y con yesca, piedra y eslabón, que llevaba en una bolsa de pellejo de conejo, encendía una asquerosa pipa, llena de tabaco de colillas.

A poco llegó el niño jadeante; dejose caer en el suelo de la cueva, y comenzó a llorar. La Cachana lo agarró brutalmente por los cabellos para incorporarle.

-¡Calla, Ranoque, calla! -gritó, arrancándole de las espaldas el morralillo que traía.

El muchacho redobló sus gritos, al sentirse lastimado: el ciego hacía contorsiones de rabia, cual si un mal espíritu le poseyese. La Cachana, lanzando imprecaciones y blasfemias, sacó del morral unos mendrugos de pan, un dornajo de madera y una cantimplora rota de barro.

-¡Calla, condenao! -volvió a gritar, alargando esta al niño. Calla y baja al arroyo por agua para el gazpacho.

-¡Que no voy! -contestó el niño, tirándose al suelo.

-¿Que no vas? -gritó la Cachana, dándole un puntapié. ¡Anda listo, chiquillo, o te esnunco!

-No voy... ¡que tengo miedo!

-¿Miedo, y eres capaz de sacarle los dientes a un ahorcado?... ¡Menéate, condenao, o te espampano los sesos!

-¡Si no pueo, madre, si no pueo! -gemía el infeliz niño, mostrando sus piececitos descalzos, que chorreaban sangre.

-Pues si no puedes con los pies, ve con los codos...

-¡Que no voy!

-¡Ranoque!... ¡que te cojo por el gañote, y te crujo como una culebra!...

El ciego nada había dicho: pero al oír el enérgico -¡Que no voy!- del niño, lanzó una imprecación horrible, y con tal furia le arrojó la chivata, que fue a romperse en dos pedazos contra las rocas de enfrente: después se tiró a él a tientas, para hacerle pedazos entre sus uñas. El niño huyó el cuerpo aterrado, y enmudeció de espanto: la Cachana se lanzó entonces como una fiera sobre el ciego, y de un empujón le hizo caer sobre el peñasco que antes ocupaba.

-¡Déjalo! -gritó... ¡o te arranco esos ojos ciegos, que parecen dos puñaláas enconáas!

Intimidado entonces el niño, tomó la cantimplora, y dando gritos de dolor y de rabia, se dirigió al arroyo, arrastrándose por aquella pendiente, erizada de picos y de abrojos. Al llegar a la cañada, el miedo enmudeció su dolor y apaciguó su rabia: la agreste soledad de aquellos salvajes picachos que, coronados de carrascas, se elevaban entre jarales, cual viejos y gigantescos sátiros adornados de pámpanos; el silencio profundo, interrumpido tan sólo por los mugidos del viento, que aullaba a lo lejos como un demonio encadenado; los negros nubarrones, preñados de truenos y relámpagos, que semejantes a un paño fúnebre caían sobre la luz del día, próxima ya a extinguirse, bastaban para poner miedo en cualquier corazón, de temple más esforzado que el de aquel pobre niño de ocho años. Echose, pues, en el suelo para llenar el cacharro en la turbia corriente del arroyo, y encontrando luego fuerzas en su propio pavor, huyó corriendo de aquel sitio, y comenzó a trepar la vertiente de la montaña.

Al llegar a la estrecha explanada en que se abría la cueva, el espanto dilató sus ojos hasta desencajarlos, y la angustia se pintó del modo más desconsolador en su preciosa carita. La cueva estaba vacía... sólo se veían en el fondo el montón de ramas secas, y los dos pedazos de la chivata del ciego. El niño dejó la cantimplora, temblando como un azogado, y volviendo a todas partes sus ojos espantosamente abiertos, gritó en el colmo del terror y de la angustia:

-¡Madre!... ¡Madre!... ¡Tío Canijo!...

Nadie le contestó: el niño cruzó sus manitas desolado, y comenzó a llorar esas amargas lágrimas del dolor sin consuelo, de la angustia sin límites, de la agonía sin muerte, que produce en el alma el desamparo; el aterrador desamparo, único que logró arrancar al Hombre Dios su sola queja en la tierra!... Esas lágrimas, que en el hombre son un castigo o una prueba, y en el niño son: -¡Señor, Dios de piedad, que tanto amas a estos ángeles de la tierra, y las dejas, sin embargo, a veces correr sobre sus inocentes mejillas!-, una de las inescrutables vías de tu Providencia.

-¡Madre! ¡Madre! ¡Tío Canijo! -volvió a gritar el niño, saliendo a la entrada de la cueva, y tendiendo su espantada vista por la agreste sierra, sin que ningún eco le trajese una esperanza, sin que ninguna huella le ofreciera un consuelo...

Entonces se apoderó del niño una especie de vértigo: comenzó a correr de un lado a otro sin dirección fija, internándose cada vez más en las fragosidades de la sierra, repitiendo siempre, sin ser oído, su angustioso grito -¡Madre! ¡Madre! ¡Tío Canijo!... ¡Y ya las sombras de la noche lo sepultaban todo en el horror de sus tinieblas: ya no se destacaban los peñascos sobre aquel cielo tan oscuro como ellos; ya en la garganta enronquecida del niño había sucedido al grito el gemido, y al gemido el estertor, y todavía llamaba, todavía corría, todavía esperaba!... ¡Porque la esperanza no podía dejar de sonreír a su inocencia, incapaz de comprender toda la refinada maldad de aquel delito!...

De repente oyó entre las carrascas un ruido, que no era el del viento: vio un bulto negro, que se abría paso entre ellas lanzando resoplidos; sintió que aquella masa negra y cerdosa le empujaba contra un peñasco que se alzaba a su espalda aislado..., y el infeliz niño se quedó allí inmóvil, mudo, con los ojos dilatados, rígidos los miembros, clavadas las uñas en la carne, el cuello tendido, el oído alerta, cual si no quisiese perder un sólo mugido del viento, que a veces silbaba entre las carrascas como una culebra, a veces rugía en las crestas como un león, a veces gemía entre los robles como un alma en pena...

La luz del nuevo día encontró a Ranoque tendido sin conocimiento, junto al peñasco, a cuyo pie lo había arrojado al pasar, un enorme jabalí de los muchos que en aquella sierra abundan.

Volvió al fin en sí, cuando los primeros rayos del sol comenzaban ya a dorar las crestas de la sierra, y tendió en torno sus ojos espantados: quiso incorporarse, y logrolo al cabo, dando gemidos. Miraba a todas partes el infeliz niño, con la vista extraviada y fija, como si despertase de un profundo sueño, y su inteligencia embotada le impidiera comprender toda la extensión de su desamparo. Poco a poco le puso la memoria delante las crueles escenas de la víspera: entonces comenzó a llorar.

-¡Madre! ¡Madre!... ¡Tío Canijo! -volvió a gemir, con voz tan débil y angustiada, que apenas se oía.

Quiso andar, y dio dos pasos tambaleándose; quiso correr, y cayó al suelo casi exánime. El delirio de la fiebre turbó entonces su cerebro, y todo pareció animarse en torno suyo: árboles, piedras, matas, nubes, peñascos, tomaban ante sus ojos formas extrañas, nacíanles facciones, brazos gigantescos, manos enormes, con que se agarraban entre sí para girar en torno del niño, primero con pausa, después con rapidez, luego con velocidad vertiginosa, al compás de mil extraños ruidos, entre los que creía distinguir, con cierta alegre esperanza, la destemplada guitarra de Canijo, más discordante que nunca, y la aguardentosa voz de la Cachana, que repetía en cien tonos diversos su común estribillo. -¡Condenado! ¡Condenado!... De repente oyó, entre aquellos ruidos fantásticos, que no eran otra cosa sino el violento latir de sus arterias, otro ruido claro, distinto, que con nada se confundía: era el sonido de una esquila.

Al mismo tiempo, apareció, por encima de una mata de lentiscos, la airosa cabeza de una cabra blanca, que la traía al cuello. El niño hizo un esfuerzo supremo tendiendo a ella sus manitas, y lanzó un gemido: asustado el animal, desapareció en seguida. El niño se desmayó de nuevo.

A poco volvieron a agitarse las carrascas que le rodeaban, para dar paso a un gran perro cortijero, que se adelantaba olfateando: detúvose junto al niño, como sorprendido, olfateole dos veces, alzó la cabeza, empinó las orejas y dejó escapar un sonoro ladrido.

Un pastor anciano apareció entonces por el mismo lado y lanzó una exclamación de sorpresa, al divisar entre las matas el cuerpo del niño. Acercose a él vivamente; palpó sus manos y su frente, y cerciorándose de que no estaba muerto, puso bajo su cabeza una zamarra que terciada a la espalda traía, y desapareció de nuevo, internándose en la sierra.

Algunos minutos después volvió con un cuerno lleno de leche y una gran zalea: vertió con cuidado en la boca del niño algunos tragos de aquella leche recién ordeñada, y sin esperar a que tornase en sí, envolviole de arriba abajo en la zalea, y se lo echó a cuestas.

Después tomó el camino que había traído, seguido de su perro.

III

Había llegado la noche, fresca y serena como en Andalucía suelen serlo las de noviembre, y reinaba una profunda calma en el extenso caserío del cortijo D***, cuyas inmensas dehesas suben y se extienden por los laberintos de la sierra. Escapábanse, sin embargo, por las ventanas de la gañanía algunos reflejos de tenue luz, y una voz de hombre, acompañada por una guitarra, dejaba oír dentro esas armoniosas modulaciones de los cantares andaluces, ya alegres, ya tristes, siempre originales y melancólicamente bellas, que a veces el capricho de los dilettanti transporta con gran desventaja, de los encinares y dehesas de un cortijo, a los estrechos límites de salones y teatros. Canta mejor el jilguero en la punta de una rama y al pie de su nido, que entre los apretados hierros de una jaula dorada.

Corría a la sazón el año de 1854, y todavía los campesinos andaluces ocupaban en estos sencillos entretenimientos las primeras horas del descanso, porque aún no había llegado hasta ellos en forma de periódicos, esa dinamita social, que ha hecho más tarde estallar revoluciones y brotar cadalsos. La persona que escribe estas líneas tuvo ocasión, a los pocos años, de contemplar a aquellos mismos hombres, rendidos del trabajo del día, agruparse hasta las altas horas de la noche en torno de un Pericles de zamarra, que a la luz de un candil, leía y comentaba ante aquel areópago de gañanes, periódicos como El Cencerro y El Tío Conejo, abuelos y dignos antecesores de El Motín y Las Dominicales.

En el interior del caserío, al pie del gran horno, en que a la sazón se cocía el moreno, pero sabroso pan de jinete, hallábase Bautista, el aperador, cenando con su mujer y sus cuatro hijos pequeños. Al lado de aquella estaba sentada en un pitaco otra mujer de edad madura, que apenas había tocado al plato de calostros -primera leche de las cabras, sana y nutritiva cual ninguna otra-, que tenía delante. Era su vestido de percal oscuro, y cubríale la cabeza, anudándose bajo la barba, un pañuelo de seda negro, señal de luto. Llamábase Consolación: era hermana del aperador, y acababa de perder en una sola noche a su marido y a sus dos hijos, víctimas del cólera, que tan cruelmente se había cebado aquel mismo verano, en las provincias de Andalucía. Atacada después ella misma, logró al fin escapar de las garras de la muerte, y había venido a restablecerse en el cortijo, al lado de su hermano. Tenía su domicilio en U***, donde ella y su marido, bien acomodados en su clase, habían ejercido largos años el oficio de estereros.

La pobre mujer lloraba a lágrima viva: acababa de llegar del pueblo su compadre el tío Ventura, viejo sobajanero del cortijo, y al verle por primera vez, después de tantas desgracias, habíanse renovado en ella todos sus dolores.

-Vamos, comadre, no se olvide V. que se llama Consolación, le decía el sobajanero. Al mal tiempo, buena cara... Otros mejores vendrán, que hagan olvidar los pasados.

-¡Olvidar! -exclamaba la viuda, sollozando. Las espuertas de tierra que me echen en la sepultura, serán las que me traigan a mí el olvido... ¡Tengo aquellas tres agonías clavadas en el corazón, tío Ventura; y es esto una carcoma que me va royendo!...

-¿Y con llorar va V. a remediarlo, cristiana?... Créame V. a mí, que soy viejo, y le llevo la delantera en este pícaro mundo... En esta vida se acaban primero las lágrimas que las penas, comadre: con que no las desperdicie usted, llorando los imposibles.

-¡Es cierto, compadre, es cierto... Pero ¡ay Dios! que aquellos tres féretros los llevo siempre a la espalda, y es este un morral que pesa mucho, tío Ventura, mucho!... ¡Qué noche, Virgen Santísima, qué noche aquella!... Cayetano cayó como un rayo, al oscurecer, en la estererría... Ramón había dio por esparto, y volvió a poco ya con los vómitos. La niña estaba mala denantes, pero se tendió la última... ¡Yo me quedé sola, tío Ventura, sola!... sin amparo, sin auxilio, sin un mal remedio que darles, porque aquel día moría la gente como chinches, y no se encontraba ni médico, ni botica, ni vecinos, ni prójimos siquiera... Los tres se retorcían como culebras, y me pedían a voces que no les dejara morir sin confesión, que les llamara a un cura... ¡Y sólo dos quedaban en todo el pueblo, y había más de trescientos enfermos!... ¡Qué angustia, Virgen de Consolación, qué angustia!... Me fui desatentáa a un San José de yeso, que tenía en la alcoba, puesto en un nicho...

-¡Santo bendito! -le dije... ¡De Dios son, que no míos: si se van no me quejo!... ¡Pero alcánzame que mueran en gracia, abogado de la buena muerte!... ¡No permitas que mueran sin confesión, Patriarca bendito!... ¡Piérdalos yo en buen hora; pero endulza su agonía, santifica su muerte!...

Aquí se detuvo un momento la buena mujer, como si temiera decir demasiado.

-Entonces -continuó al fin-, le hice un voto, si me concedía encontrarles un Padre Cura... Me toqué el pañolón para ir a la Parroquia, y en la escalera... -¡compadre de mi alma!- me quedé espantáa, y hasta los pelos se me pusieron de punta!... Porque subía ya un Padre Cura viejo, que yo no conocía.

-¿Hay enfermos? -me preguntó. ¡Tres... en la agonía! -Su mercé se entró en la sala sin decir palabra, y con mucha caridad me los confesó uno a uno... Entonces se quedaron tranquilos, como si se hubiesen bañado en agua bendita... A poco vino la agonía: después la muerte... El padre espiró a las doce... Ramón tiró hasta las dos... La niña murió a las cinco, cuando la campana de Consolación tocaba las Ave Marías...

Los sollozos interrumpieron a la pobre viuda: su cuñada lloraba también, Bautista, para disimular su emoción, liaba un cigarrillo de tabaco picado. La viuda continuó:

-A los dos días caí yo...

-Vamos, señora -la interrumpió jovialmente el sobajanero, para distraerla. No diga V. que cayó: diga V. que se levantó, y se está poniendo en el cortijo, como chivo de dos madres... ¡Caramba con la mujer! que antes de volver al pueblo se le van a juntar las pellas de gorda.

-Es verdad -tío Ventura, es verdad... Gracias al Señor San José, que tampoco desamparó a su devota.

-¡Pues cabales que si!... Como que se echó V. un padrino, que no hay otro en el cielo que tenga más mano. ¿Sabe V. -continuó el buen viejo, deseando apartar a la viuda de sus tristes recuerdos-, lo que jizo el bendito Patriarca un día que su divina Majestad le negó una gracia?...

-¿Cuento tenemos? -dijo Bautista. De la sierra había V. de ser, tío Ventura, para no ser chilindrinero.

-No es cuento, Bautista, que es sucedido -repuso el viejo... Pues vamos al caso, de que le llegó un día la cierta a un devoto de San José, y quiso colarse de rondón por las puertas del cielo. ¿Pero qué había de entrar, si venía too manchado de tinta?... que a la cuenta debía de ser alma de escribano. San Pedro le dio con el postiguillo en los hocicos, y me lo dejó montado en los cuernos de la luna. Pues vamos a que no faltó algún corre-ve-y-dile, que le diera el soplo a San José, y se va el Patriarca incontinenti a su divina Majestad, a pedirle favor para su devoto. Pero su divina Majestad le dijo que nones.

-¡Señor, que es mi devoto!

-¿Devoto?... que te encendía a ti media libra de cera, y al diablo todos los colmenares de la sierra.

Pues vamos a que, en estos dares y tomares, de que ha de entrar, que no ha de entrar, San José, que no es rana, y sabe dónde le aprieta el zapato, dice muy sentido, por ver si sacaba raja.

-Pues si mi devoto no entra, yo me voy...

-Vete con Dios -le dijo su Majestad.

San José, que lo que menos pensaba era en tocárselas, se va para la puerta con el sombrero en la mano: vuélvese a la mitad del camino, y dice:

-Pero es que yo no me voy solo... Que, según canta el refrán y también canta la ley, en matrimonio bien avenido, la mujer, junto al marido... Con que lo que es mi mujer se viene conmigo.

-Pues que se vaya.

San José llama a la Virgen Santísima, le dice que se toque el mantón, y que se vaya para la puerta. Pero su divina Majestad ni por esas se blandeaba.

-Pues es que si me llevo a mi mujer -dijo entonces el Patriarca-, me llevo también todo lo que es suyo.

-Pues llévatelo.

-Aquí tengo una lista que canta hasta la última hilacha.

Y se pone San José en medio del cielo, saca un papel de la faltriquera, en que estaba escrita la letanía, y comienza a decir:

-Regina Angelorum... ¿A ver?... Vayan para allá todos los Ángeles.

-Regina Patriarcharum... Vayan todos los Patriarcas.

-Regina Prophetarum... Vayan todos los Profetas.

Y así fue relatando toda la letanía... ¡Compadre! cuando llegó a aquello de Regina sanctorum omnium, le dice su divina Majestad:

-Mira, Pepe: anda fuera, lava bien a tu devoto y mételo dentro... Porque si me empestillo en no dejarlo entrar, me dejas tú, por justicia, solo en el cielo.

-¿Y en dónde lo lavó, tío Ventura? -preguntó uno de los chiquillos, gordinflón y de carilla boba, que apoyando sus bracitos en las rodillas del viejo, le escuchaba con la boca abierta.

-¿Pues dónde lo había de lavar, tontín? -le contestó su madre. Lo lavaría en un confesonario, que es la única lejía que esas manchas escamonda.

En este momento entró un gran perro canelo, y comenzó a hacer fiestas en torno del aperador y de sus hijos, meneando la cola.

-¡Calla! -exclamó Bautista. Este es el perro de Bartolo.

-¡Alabao sea Dios! -dijo apareciendo en aquel instante el pastor que ya conocemos.

-¡Por siempre! -contestaron las mujeres; y al ver que se adelantaba hasta la mesa, añadieron:

-¿Usted gusta, tío Bartolo?

-Que aproveche y se les vuelva todo manteca y gracia de Dios -contestó el recién venido.

-¿Pero, cómo has dejado la majada, Bartolo? -preguntó entonces el aperador.

-Porque nació esta noche en el monte un borrego, sin que oveja alguna lo pariera -contestó éste.

-¿Y vienes a buscar padrino a la cría? -dijo el sobajanero.

-Bien lo necesita -replicó el pastor, poniendo en el suelo la zalea, en que traía envuelto a Ranoque. Es un borreguito de dos pies, blanco y rubio como unas candelas.

Y al decir esto deshizo el envoltorio, dejando a la vista de todos al pobre niño, medio desnudo, amodorrado por la calentura, que cubría sus mejillas de un arrebatado carmín, y daba a sus graciosas facciones un ficticio tinte de lozanía y de belleza. Todos lanzaron una exclamación de lástima y de asombro, y rodearon al niño tendido en la zalea, representando al natural uno de esos conmovedores cuadros antiguos, en que se ve al niño Jesús en el pesebre de Belén, rodeado de pastores.

Bartolo refirió entonces cómo y cuándo lo había encontrado, y las noticias que había podido arrancar al niño, antes de que la calentura le aletargase. Su padre había muerto en presidio, y le llamaban el Rano, de donde le venía a él su apodo de Ranoque: su madre era la Cachana, y según la frase del niño, estaba ajuntáa con un ciego llamado el tío Canijo, que se ganaba la vida tocando la guitarra por calles y plazas.

-Tío Canijo -le había dicho el niño-, me tenía tirria, y me quería matar... Por eso me llevaron a la sierra, y se juyó con mi madre, dejándome solo...

Todos escuchaban profunda y tiernamente conmovidos: pero donde se pintaba la compasión con todos sus santos matices de interés, de dolor y de ternura, era en el rostro de la viuda. Medio incorporada en su asiento, con las manos cruzadas sobre su seno palpitante, escuchaba con el alma entera en los ojos. Al terminar el pastor su relato, se lanzó al niño, gritando:

-¡Milagro! ¡milagro! ¡Este niño es mío!... ¡San José me lo envía y yo lo acojo!... Y levantándolo fuera de sí en sus brazos, lo estrechaba contra su pecho.

Sorprendida y asustada su cuñada, la retuvo por las enaguas, exclamando:

-¿Qué dices, Consolación, qué dices?...

-¿Pues no dije que en aquel desamparo en que me vi, hice a San José un voto? -contestaba llorando la viuda... Pues éste fue el voto que hice... Amparar por toda la vida al primer desvalido que me tendiera los brazos... ¡Y mira, mira, cómo este ángel de Dios me los está tendiendo! -añadió, al ver que el niño reclinaba la cabeza en aquel regazo, que tan maternalmente le oprimía, y rodeándole con los bracitos el cuello, repetía, en el delirio de la calentura, su grito de siempre:

-¡Madre! ¡Madre!... ¡Tío Canijo!

-¡Tu madre!... ¡Sí, ángel de Dios, tu madre! -decía la viuda sollozando. Una madre te abandonó, pero otra te acoge... Dos hijos perdí yo, y San José me devuelve uno...

Bautista meneó la cabeza: era prudente, pero esperaba también que la modesta herencia de la viuda pasase a sus hijos, y aquellas palabras suyas alarmaban su codicia.

-¡Déjala hacer! -le dijo el sobajanero, como si le leyese los pensamientos: que eso es lo que dice aquella piedra que está en Jerez, a la puerta de la Inclusa. -Porque mi padre y mi madre me abandonaron, el Señor me recogió...

Tres meses después, la viuda, completamente restablecida, se tornaba a su pueblo, llevándose al niño. La víspera de su partida la llamó el aperador aparte.

-¿Has pensado lo que vas a hacer? -le dijo... El padre de esa criatura murió en presidio: su madre es una hiena... ¡Consolación! de casta le viene al galgo el ser rabilargo...

-¿Acaso escogió padres el pobrecito mío? -contestó la viuda.

-No los escogió él; pero les heredó la sangre... Un lobezno encontró en el monte Gaspar, el hijo del porquero: con leche de oveja lo amamantó; con cariño lo crió, pensando sacar un perro... A poco se huyó a la sierra, destrozándole antes un hijo...

La viuda se quedó pensativa.

-¿Qué vas a hacer con el cachorro de un presidiario? -le preguntó su hermano esperanzado.

-Le enseñaré lo que sé... Hacer esteras...

-A ladrar enseñó Gaspar al lobezno, y acabó aullando como los de su casta.

-Y dime, Bautista -replicó la viuda, mirando fijamente a su hermano. ¿Le enseñó Gaspar al lobezno el catecismo?

-No... que a los lobos, para leer, les estorba lo negro.

-Pues a los niños no les estorba, Bautista; y tengo para mí, que si Gaspar enseña al lobezno a ser cristiano, hubiera sido más que perro, hubiera sido cordero... Eso haré yo con mi niño.

Y así lo cumplió Consolación, aunque no sin grandes esfuerzos; porque Ranoque era realmente un lobezno. Los malos recuerdos de su padre, la vida depravada de su madre, y los perversos ejemplos de Canijo, habían despertado antes de tiempo sus malas pasiones. Pero aquella rústica mujer, que no poseía otra ciencia que la de hacer esteras, ni entendía otro libro que el catecismo, encontró en estos dos elementos tan heterogéneos, los dos únicos polos en que puede girar el trueque perfecto de un corazón viciado: el trabajo y el sentimiento religioso. Poseía además, como por instinto, ese tino y esa sagacidad, que las personas dedicadas a la educación tan sólo adquieren a costa de largas observaciones y experiencias; y llevaba ventaja a la mayor parte de ellas, en comprender, que no hay pedagogía en el mundo, que no necesite del apoyo de la oración, santo reclamo del alma, que atrae sobre ella la gracia!... Porque, podrá una acertada dirección modificar y domar a una mala naturaleza; más, transformarla de mala en buena, sólo lo puede aquel precioso don del cielo, que constituye la vida del alma.

Así lo comprendía y practicaba aquella mujer piadosa: su oración atraía abundantemente este rocío vivificador sobre aquella pobre criatura, que abandonaban los hombres y amparaba el cielo; y la gracia ayudaba la caridad de la viuda, y la caridad de la viuda preparaba a su vez el camino a la gracia. La constancia de aquella mujer fue extirpando poco a poco en el corazón del niño los vicios groseros que en germen poseía, y la gracia completaba su obra, aclimatando allí las virtudes, y haciéndolas espontáneas: aquella, a fuerza de machacar, amoldó el pedazo de hierro; esta premió sus afanes, trocándolo en oro purísimo.

Porque, diez años después, era Ranoque, además de un hábil artesano, un joven modelo de religiosidad y de prudencia, cuya honradez aumentaba cada vez más el crédito siempre grande de la tienda de la viuda.

Un día lo llamaron para preparar en casa del escribano las esteras de invierno. Sentado en el suelo, remendaba con una larga aguja, ensartada en cordelillo de esparto, la estera de una entrepuerta, pudiendo ver, por lo tanto, lo que en la pieza contigua pasaba. Hallábase en ella embutido en un silloncito de ruedas, que se cerraba por delante, un niño del escribano, de pocos años, tullido de las piernas. Habíale regalado su padre una de esas toscas cajitas, que encierran en miniatura todos los elementos que entran en una hacienda de campo: encinas de musgo, cipreses de viruta, caseríos de madera, rediles de alambre, ovejitas, vacas, perros y pastores de palo. El niño lo había dispuesto todo artísticamente, sobre una bandeja de latón, que apoyaba en la delantera del carrito, y hallábase tan extasiado en la contemplación de sus propiedades rurales, como un rico propietario que viera desfilar sus numerosas cabezas de ganado. Otro hermanito menor estaba a su lado: este no poseía más propiedades rurales ni urbanas, que su carita rebosando salud, y su cuerpecillo fornido; y con las manitas cruzadas a la espalda, contemplaba con mirada envidiosa las riquezas de su hermano. Poco a poco el proletario fuese acercando al capitalista, que le vio llegar con algún recelo. Su alarma no era infundada: las nociones de aquel sobre el derecho de propiedad eran harto imperfectas, y creyéndose, sin duda, en aquella edad dorada, en que el tuyo y el mío eran palabras desconocidas, metió la mano en la heredad de su hermano, y cogió la vaca más gorda... ¡Aquí fue Troya! El hacendado opinaba, con Hobbes, que el derecho se cimienta en la fuerza, y arrancando de cuajo, cual otro Orlando furioso, un ciprés puntiagudo, lo pinchó en las narices del proletario. La sangre enardeció entonces los ánimos: la fuerza rechazó a la fuerza, y el equilibrio social quedó por completo destruido: derrumbáronse los edificios, los campos fueron talados, dispersos los rebaños huyeron a más lejanos bosques; los pastores, tiesos como palos, se accidentaron del susto. Una voz de mujer, vino en parte a apaciguar la fratricida lucha, gritando desde adentro.

-¡Niños! ¡niños!... ¿A que voy allá?... ¿A que llamo a la Cachana y al tío Canijo, y se los lleva en el saco?...

A este grito levantó Ranoque vivamente la cabeza, y se quedó pálido, inmóvil... Era la primera vez, después de diez años, que aquellos nombres llegaban a sus oídos; y la sorpresa, la curiosidad, el susto, el terror casi, lo embargaron por completo. Al mismo tiempo apareció en el aposento una sirvienta anciana, y repartiendo cachetes en partes proporcionales, acabó de restablecer el orden entre el propietario y el desheredado.

La vieja se retiraba ya, dejando la paz asegurada; mas Ranoque, repuesto en parte de su emoción, la detuvo, preguntando:

-Con perdón de V. Señora... ¿Conoce V. acaso a esa mujer, la Cachana... y al tío Canijo?

-¿Yo?... ¡no! -contestó la vieja, mirándole sorprendida.

-Lo decía al tanto de si sabe V. quienes sean...

-Pues la tunantona y el bribón que agarrotan mañana en Z***.

Un rayo, que de repente cayera ante Ranoque, no le hubiera causado mayor sorpresa ni espanto. Quedose blanco cual la pared; desplomado contra el quicio de la puerta, con los brazos caídos, y las rodillas vacilantes.

-¿Qué tienes muchacho?... ¿Te pones malo? -dijo asustada la vieja.

-¿Pero es eso verdad? -balbuceó Ranoque, sin oírla. ¿Por dónde se sabe? ¿Quién lo ha dicho?

-¿Que quién lo ha dicho, hijo?... Pues el amo, que ha tenido que ver en la causa, y volvió anoche de Z***... ¿Quieres verlo?... En el despacho estará todavía.

Ranoque contestó afirmativamente con la cabeza, y siguió tambaleándose a la vieja, que le condujo al despacho del escribano. Era este Señor amable y caritativo: sorprendiéronle desde luego la emoción, y las entrecortadas preguntas del muchacho; mas contestó a ellas sin manifestar ninguna extrañeza. Díjole que la Cachana y el tío Canijo eran reos de un enorme crimen, cometido dos años antes, en que se complicaban el robo y el asesinato: seguíaseles desde entonces la causa, y convictos al fin ambos, aunque no confesó el ciego, habían sido condenados a muerte. Añadiole, que la sentencia había de ejecutarse de allí a dos días, por no haber llegado antes el verdugo; y como conocía la honradez del mozo, y estimaba en mucho a la viuda, cuyo antiguo parroquiano era, concluyó diciéndole, que si en algo le interesaba aquel negocio, dispusiese de su persona hasta donde alcanzara su valimiento.

Esta cordial oferta del escribano acabó de rendir los heroicos esfuerzos, que por aparecer sereno hacia Ranoque: mirole con una expresión indescriptible de dolor y gratitud, y dejándose caer en un sillón vecino, rompió a sollozar, cubriéndose el rostro con las manos. Acudió a él solícito el buen Señor, preguntándole el motivo de su quebranto; y entonces, Ranoque, dejándose llevar de esa imperiosa necesidad de expansión, propia de los grandes dolores, le refirió toda su historia.

Atónito y a la vez afligido el escribano, trató inútilmente de consolar al infeliz muchacho. Éste pronunciaba fuera de sí palabras incoherentes; y extraño a todo lo que no fuera su dolor, tan sólo sabía preguntarse allá dentro de sí mismo, entre mil ansiedades y dudas amargas. -¿Qué hacer, Dios mío, qué hacer?

En esta disposición de ánimo comenzó a dar vueltas por las afueras del pueblo, esperando, para no alarmar a la viuda, que llegase su hora ordinaria de volver del trabajo. Al oscurecer entró Ranoque en la esterería. Consolación hacía calceta en la trastienda, conversando tranquilamente con dos vecinas: el muchacho pretextó un fuerte dolor de cabeza, y después de algunas palabras indiferentes, subió al camaranchón que le servía de aposento, y se tendió sin desnudarse encima del lecho.

Entonces comenzó para él la hora de prueba... la hora de combate, cuyo perfecto modelo nos dejó el Redentor del mundo en el huerto de las olivas: hora de angustias, hora de agonías, hora de resoluciones, que a veces hacen del hombre, según del lado que se incline, un héroe o un infame, un mártir o un apóstata, un predestinado o un réprobo...

La de Ranoque fue terrible. -¿Qué hacer, Dios santo, qué hacer? -se preguntaba... ¿Sufriría que todos en el pueblo le señalaran con el dedo, que resonara de nuevo en sus oídos, como un baldón, el nombre infame de la Cachana, y le llamasen a él con horror, con desprecio, con compasión a lo sumo, el hijo de la ajusticiada?... La sangre del muchacho hervía a este pensamiento, de coraje, y sus pies golpeaban la cama, y sus manos crispadas destrozaban la almohada, cual si apretasen ya la primera garganta que osase proferir aquel grito... ¿Huiría más bien a tierras lejanas, donde nadie conociera su oprobio, renunciando al tranquilo bienestar de su honrado oficio, al cariño de aquella excelente mujer, que le amaba como a hijo, y a quien él amaba como a madre?... ¡Qué dolor tan seco, qué pena tan honda, qué amargura sentía, hasta en el paladar mismo, al pensar en la soledad, en la espantosa soledad del corazón, que le aguardaba entonces en el mundo!...

El cansancio sobrevino al fin a la parte física, y el decaimiento a la moral, y quedó entonces el muchacho inmóvil en el lecho, sin pensar nada, sin decidir nada, mirando con estúpida atención la llama de una lamparilla, que la piedad de la viuda mantenía siempre encendida en la alcoba de Ranoque, ante un tosco cuadrito, que representaba a Jesucristo clavado en la cruz, y a María, la reina de los ángeles... la Madre del ajusticiado, recogiendo al pie de aquel patíbulo la herencia de afrenta que le legaba su hijo...

A poco se escapaban de su pecho sollozos convulsivos: oyose después un llanto abundante, pero tranquilo; hondos suspiros luego; nada más tarde...; tan sólo el chisporroteo de la lamparilla, que amenazaba apagarse.

Entonces se dejaron sentir suaves pisadas hacia el lado de la puerta, y crujió ésta levemente, cual si alguien la entreabriese con cuidado.

-¿Quién anda ahí? -exclamó Ranoque, incorporándose bruscamente en el lecho.

-Soy yo, hijo mío -contestó la viuda, entrando en el aposento con un velón encendido, cuya luz cubría con la mano, colocada a guisa de pantalla.

-¿Pero no te has desnudado, criatura? -añadió, colocando el velón en el suelo, y acercándose al muchacho.

Eacuteste se había sentado en la cama, y miraba a los ladrillos, con la cabeza baja, sin contestar palabra: entonces pudo notar la viuda que algo extraordinario le acontecía. Cogió sus manos y abrasaban; palpó su frente y estaba ardiendo.

-¡Tienes calentura, muchacho! -exclamó asustada.

Ranoque levantó entonces su rostro demudado; y con esa cruda rudeza, propia de la gente del pueblo, que aumentaba en él la franca brusquedad de su carácter, dijo sin preámbulos:

-Pasado mañana dan garrote a mi madre... y al tío Canijo.

Quedose la viuda muda de espanto al oírle, y se dejó caer sentada en la cama a su lado, cruzando las manos, llena de angustia. Ranoque le refirió entonces todo lo que sabía: la viuda murmuraba sin alientos:

-¡Virgen de Consolación!... ¡San José bendito!... ¿qué nos hacemos?...

Ranoque parecía tener un nudo en la garganta: salíanle las frases a trozos, sordas las palabras, cual si fuesen gemidos.

-Yo -añadió al cabo lentamente-, iré mañana a verla... y me estaré a su vera... hasta que la deje... en el Camposanto...

-¡Jesús... que desatino!

-¡Sí, sí, hijo mío!... ¡que eso sería agarrotarte a ti la honra... y a mí el corazón, hijo del alma!...

-¿Y cómo nos gobernaremos entonces? -dijo enérgicamente Ranoque. La ley es ley, y no ha de ser una para las duras y otra para las maduras.

-¡No hay ley en el mundo que obligue a eso!

-Pero Señora -exclamó el muchacho, poniéndose ante la viuda de un salto... ¿Acaso es una cosa predicar y otra vender trigo?... ¿No me ha enseñado usted misma que el cuarto mandamiento de la ley de Dios es honrar padre y madre?... ¿Pues cuándo, prosiguió con toda la ruda energía de su carácter, cuándo necesita mi madre que la honre más su hijo, sino en el momento en que le van a dar la muerte por justicia, en mitad de una plaza?...

Y al decir esto, el pecho del muchacho se levantó como una montaña, dejando escapar un sollozo, único, solo, pero terrible, como el estallido de un volcán de dolor que revienta de un golpe. La viuda, al oírle, se hizo atrás sobre el lecho en que estaba sentada, y con las manos juntas, quedose mirando a Ranoque, con el respeto, con la veneración, con que un débil catecúmeno podría contemplar el santo heroísmo de un mártir... El asombro, la admiración, el dolor, el orgullo, todo a un mismo tiempo, la hicieron enmudecer casi espantada de su obra...

-¡Llevas razón, hijo del alma, llevas razón -dijo al fin, sacudiendo la cabeza... Encargaremos las bestias al tío Matías, y mañana iremos los dos juntos... pero los dos juntos... hijo mío!

- *V* -

Hay en la catedral de Z***, en la fachada que mira al lado del poniente, un balcón de pesado herraje, no muy distante del suelo, cuyas sencillas puertas de madera aparecen de ordinario cerradas. Una vez las vi abiertas, y sentí al verlas ese estremecimiento repentino de todas las fibras, que producen en el alma las cosas sublimes; porque era lo que allí había, lo más profundo, lo más misericordiosamente grande que pudo la caridad inspirar a la fe, para apoyo de la esperanza.

Sobre un altar cubierto de negro, ardían seis velas de cera amarilla, ante un gran cuadro de oscuras tintas, en cuyo fondo se destacaba una imagen de Jesús Nazareno, camino del Calvario, llevando la Cruz a cuestas, vestida, en vez de túnica, una hopa en todo semejante a la que llevan al patíbulo los condenados a muerte... Llamábanle por esto el Cristo de los ajusticiados, y, era costumbre que todos los que habían de serlo, pasasen ante la imagen al marchar a la muerte, y postrados a sus pies rezasen el Credo... ¡Cuán grande, cuán piadoso, cuán consolador me pareció aquel pensamiento, inspirado por la caridad de la Santa Madre Iglesia Católica! La pálida figura del Salvador, cubierta de sangre y de ignominia, me trajo a la memoria aquella otra figura formidable del juez de vivos y muertos, que nos describe San Juan. «Su rostro brillaba como el sol en toda su fuerza; sus pies se asemejaban al metal fundido en la fragua, y sus ojos eran dos ascuas. De su boca salía una espada de dos filos; en la mano derecha tenía siete estrellas, en la izquierda un libro sellado con siete sellos, y delante de sus labios corría un río de luz. Los siete espíritus de Dios resplandecían en su presencia como siete lámparas, y de su escabel salían voces, relámpagos y rayos...». ¡Y aquella tremenda majestad, aquel Dios que juzga a las mismas justicias, y encuentra manchas en las mismas estrellas del cielo, abandonaba sus formidables atributos, para salir allí en traje de reo, al encuentro de otro reo, escoria de la sociedad; para igualarse a él en ignominia, para borrar sus culpas con su inocencia, para decirle como hermano, minutos antes de sentenciarle como juez: ¡Marcha tranquilo al patíbulo, que en lo alto del más ignominioso, te rescaté yo con mi propia sangre!...

¡Oh poder de la misericordia divina, y oh poder de la ingratitud humana! El hombre ingrato, el hombre insensible, ve, oye, pero no siente tanta grandeza... Pasa de largo; no cae desfallecido de dolor y de amor, para repetir lleno de esperanza: Qui Mariam absolvisti et latronem exaudisti, mihi quoque spem dedisti!

Abierta estaba la capilla, encendidas las velas, cubierto el altar de luto; y en la calle, sobre la plataforma de gradas en que la Catedral se asienta, veíanse dos Sacerdotes y un caballero, sentados ante una mesa cubierta con paño negro, que sostenía una bandeja con algunas monedas. Golpeaba a veces en ella uno de los Sacerdotes, y decía al mismo tiempo con lúgubre tono:

-¡Para hacer bien por las almas de los que van a ajusticiar!

Un grupo numeroso de gente se agolpaba en torno de la capilla, esperando la llegada de los reos, con esa ansia, esa avidez que justifica el dicho de que hay en el hombre algo de la fiera, y que nada es tan curioso en la vida como el espectáculo de la muerte. Eran, en su mayor parte, hombres y mujeres venidos de los pueblecillos vecinos, con el solo objeto de presenciar la ejecución. Algunos traían a sus hijos pequeños, resto todavía de la antigua costumbre de hacer presenciar a los niños el terrible espectáculo: dábanle sus padres una bofetada en el instante de espirar el reo, y decíanles al mismo tiempo:

-¡Para que te acuerdes!...

El reloj de la Catedral dio las once, y a poco sonó la misma hora en los demás relojes. Diez minutos después sonaron otras once campanadas, lentas, sordas, siniestras, cual si al golpear las puertas de la eternidad las produjese la guadaña de la muerte... Era el reloj de la Audiencia, encargado de marcar la última hora del reo, en gracia del cual, marcha siempre diez minutos atrasado... ¡Diez minutos! ¡Gran piedad, con parecer tan mezquina, la de esos preciosos momentos, en que puede todavía llegar un indulto inesperado, en que puede todavía volverse a Dios un alma impenitente!

Las oleadas de la muchedumbre, al replegarse hacia la capilla del Cristo, indicaron al fin que el fúnebre cortejo salía de la cárcel. Abría la marcha un piquete de caballería, cuyos clarines destemplados resonaban tristes y lastimeros, como un lamento; detrás venía Canijo entre dos Sacerdotes, cubierto con una hopa negra manchada toda de fango, por haberse dejado caer dos veces, revolcándose en tierra, con la misma rabia, el mismo furor que no le había abandonado un instante, desde que por haber confesado la Cachana su crimen, fueron ambos condenados a muerte.

Al leerle el Juez la sentencia, habíale preguntado, según es costumbre, si tenía alguna necesidad o algún deseo que pudiera ser satisfecho.

-¿Que si quiero algo? -exclamó Canijo, echando espuma por la boca, y revolviendo ferozmente sus ojos ciegos inyectados de sangre. ¿Que si quiero algo?... ¡Cortarle la cara a la Cachana, es lo que quiero!... Darle una puñaláa en el corazón... hasta que me duerma metiéndole el cuchillo!...

Y agitando sus cadenas con una fuerza salvaje, entregose a una feroz desesperación, de que nada ni nadie pudo sacarle. Al llegar ante el Cristo de los ajusticiados, los Sacerdotes hicieron un último y supremo esfuerzo para despertar en su alma el arrepentimiento; mas Canijo dio una violenta sacudida, que arrojó al suelo a uno de los Sacerdotes, y se lanzó camino del cadalso dando aullidos, con la rabia infernal de aquel Luzbel que pinta Klopstock, precipitándose en el abismo al levantarse en el Calvario la cruz de Cristo, que le arrebataba su poderío.

Detrás venía en una carreta la Cachana, tendida como una masa inerte sobre unos sacos de heno, sumida en una especie de estupor, semejante al embrutecimiento. A su izquierda estaba sentado Ranoque, sosteniéndola entre sus brazos, y prodigándole sin cesar palabras de consuelo y de cariño; a su derecha, el Sacerdote que la había confesado, la exhortaba y consolaba también, mostrándole un Crucifijo.

La carreta se arrastraba con pausa cruel entre la apiñada muchedumbre, que se agitaba sordamente en torno, asemejándose su murmullo a un inmenso sollozo que brotase del corazón de un gigante, conmovido ante aquel cuadro, tierno a la vez que terrible. El heroísmo del hijo hacía olvidar por completo la infamia de la madre, y oíanse por todas partes exclamaciones de simpatía, gritos de admiración y gemidos de lástima.

Detúvose al fin la carreta ante el balcón del Cristo, y Ranoque y el Sacerdote ayudaron a la Cachana a ponerse de rodillas en la misma carreta, agarrándola cada cual por un brazo.

-Rece V. el Credo, madre -le dijo Ranoque.

Mas la Cachana se quedó mirando a su hijo, con los ojos estúpidamente abiertos, y se echó a llorar... ¡La infeliz no lo sabía!

Entonces comenzó Ranoque a recitar en voz alta el símbolo de la fe, y su madre fue repitiendo trabajosamente y entre gemidos todas sus palabras.

Al terminar el Credo la bendijo desde el balcón un Sacerdote, y bajó después, según la costumbre, para incorporarse al cortejo, presenciar su muerte, y velar luego su cadáver.

En medio de la plaza se levantaba el garrote, desnudo, escueto, terrible, con esa especie de siniestra vida que comunica a ciertas cosas inanimadas el espantoso objeto a que se destinan. Aún más espantoso que el garrote, pues era su complemento, y aún más cruel que la muerte, pues era el que, la daba, hallábase sobre el patíbulo un hombre: era el verdugo... Al ver la Cachana ante sí el terrible palo, tornáronse sus ojos vidriosos, su cara lívida, y castañeteándole los dientes de terror, replegose en el fondo de la carreta gimiendo, como una pobre bestia indefensa, que se acorrala en su madriguera, huyendo de la muerte. Ranoque la estrechó entonces contra su corazón, y le dijo mostrándole el palo.

-¡Madre!... ¡Vea V. su Calvario!

Y sosteniéndola por las espaldas, ayudado del Sacerdote, subió abrazado a ella las escaleras del cadalso.

Ranoque volvió al mesón, en que le esperaba la viuda, acompañado por el Sacerdote que había auxiliado a su madre. Al despedirse de él, quiso el muchacho entregarle cuatro duros, fruto de sus ahorros, para que dijera Misas por el alma de su madre; mas el Sacerdote rechazó conmovido el dinero, y le prometió decir sin estipendio alguno cuantas fueran su deseo.

Al verse a solas Ranoque y la viuda, no se dijeron nada: él se dejó caer rendido en la pobre cama que había en el aposento; ella se sentó a los pies en silencio, y se puso a rezar el rosario.

Al día siguiente, cuando ya las caballerías esperaban a la puerta, y la viuda preparaba las alforjas para volver al pueblo, entrose de rondón un caballero pequeñito, calvo sin ser viejo, con gafas de oro, botas de charol, guantes de cabritilla, y bastón con puño de plata: saludó a la viuda diciéndole, buena mujer, y abrazó a Ranoque llamándole heroico mancebo... Era el director de un periódico ilustrado, que iba a publicar los retratos de Canijo y la Cachana, y deseaba hacerlo también con el de Ranoque, cuya heroica piedad filial era el tema obligado de todas las conversaciones. A semejante propuesta miró Ranoque ceñudo al periodista, y contestó con toda la rudeza de su brusco carácter:

-¿Retratarme yo en los papeles?... ¡Primero me retratan en el fondo de un lebrillo de Triana!...

Este exabrupto desconcertó al señor Director, que sujetándose las gafas y tosiendo dos veces, replicó:

-¡Hombre, hombre!... La celebridad, la gloria, el heroísmo, imponen el deber de la publicidad... y producen también su dinero... Por de pronto, cinco duros...

-¡Ni que me dieran cincuenta! -le interrumpió Ranoque, volviéndole la espalda y saliendo del aposento.

-¡Fino es el mozo, como tafetán de albarda! -dijo el Director, torciendo el gesto y arreglándose la tirilla.

-¿Y qué quiere V., señor? -replicó humildemente la viuda, disculpándole. El pobre, siempre agarrado al trabajo, no está hecho al trato del señorío...

-¡Es sin embargo un carácter!... ¡Sí señora; todo un carácter! -dijo el señor Director, dándose con la contera del bastón en la punta de las botas... Supongo que se habrá formado en el club, oyendo los grandes ejemplos de Bruto, las máximas de Catón, los rasgos patrióticos de los convencionales franceses...

-¡Ca, no señor!... Si al pobrecito mío nunca le tiró la leyenda... Sabe su oficio, que es esterero; y sabe también el catecismo con preguntas y respuestas...

El señor Director se levantó de un brinco, cual si le hubiese picado una víbora.

-¿Algún Cura, sin duda? -dijo.

-No señor... Yo misma se lo he enseñado.

El señor Director irguió su figurilla, y agitando su bastón con puño de plata, añadió solemnemente:

-Ese muchacho hubiera sido un Epaminondas, y V. le ha cortado los vuelos... ¡Ante la humanidad entera, es usted responsable de este delito!

-¿Yo, señor? -replicó apurada la viuda. Ni siquiera sabía que semejante santo estuviera en el cielo... Yo lo encomendé a San José, y si no salió un Paminondas, ¡hombre de bien, y cristiano a carta cabal, lo hizo el Patriarca bendito!...

POLVOS Y LODOS

...y si mi hijo se empeña, en no seguir una carrera, le obligaré a aprender un oficio: porque no quiero que la ociosidad corrompa su juventud, y quiero dejarle un medio seguro de ganarse honradamente la vida. Hoy soy rico; pero ¿quién sabe si lo será él mañana?...

(Carta escrita al autor por un padre de familia)

La primera vez que vi a Manolo H*** era yo muy niño: aun no contaba doce años, y me hallaba a la sazón huésped, en casa de mi amigo Fernando, el más querido de mis compañeros de colegio. Tenía Fernando un hermano mayor, grande amigo de Manolo, y quiso un día llevarnos al magnífico château en que este habitaba, para ver un soberbio león del Sahara, que habían encerrado vivo en una gruta natural de su delicioso parque. Cuando llegamos a la lindísima explanada a que el château daba frente, vimos detenidos ante la escalinata de mármol que daba entrada al torreón del Norte, varios carruajes, entre los que llamó mi atención una preciosa cesta, tirada por cuatro jaquitas enanas, con arreos a la calesera, azules y plata.

-¡Ahí está Currito Pencas! -exclamó Fernando al verla; y batiendo las palmas de alegría, se tiró del coche de un solo salto.

Preguntele entonces quién era Currito Pencas, y me dijo que, un famoso torero, grande amigo de su hermano y de Manolo, que dirigía el Club-tauromáquico de que ambos formaban parte.

-Y hoy van al cortijo de la Picota a escoger el ganado para la corrida del jueves -añadió sin tomar resuello... Mi hermano mata y Manolo pone banderillas... Yo no hago nada porque soy chico, pero cuando sea grande, pondré también banderillas, y no seré como ese tonto de Manolo, que nunca sale del cuarteo: yo daré también el quiebro... Y mira, ya me estoy dejando la coleta.

Y al decir esto me mostraba un rabito de pelo, rubio como el oro, que atado con un hilo asomaba bajo el terciopelo de su gorrita escocesa. Yo comencé a reír y le tiré del rabito.

-¡Estate quieto! -me dijo- que se va a enterar mi hermano. Y pasando cariñosamente su brazo en torno de mi cuello, me preguntaba mientras subíamos abrazados la escalinata de mármol:

-¿Y tú no quieres ser torero?

-No -respondí yo gravemente. Quiero ser marino.

-¡Tonto! -exclamó Fernando, rechazándome lejos de sí: nunca tendrás entonces un coche y unas jaquitas como las de Currito Pencas!...

Yo me encogí de hombros y seguí en pos del hermano de mi amigo, que atravesando varios pasillos y una sala de billar, nos condujo a la estancia en que se hallaba Manolo. Era ésta una gran pieza rectangular, tapizada toda de rico cuero de Córdoba, con zócalo y artesonado de roble tallado: ocupaban los cuatro ángulos otras tantas armaduras completas, árabe la una con capacete ceñido por un turbante blanco, otra de Milán con adornos ricamente damasquinados y cincelados, y otras dos de mallas, del siglo XIII. En las paredes laterales había otras cuatro panoplias también antiguas, y sobre las dos grandes mamparas de cuero que daban entrada a la pieza, se veían los retratos de un caballero con tabardo oscuro y la insignia de Clavero mayor de Calatrava al cuello, y el de una dama de edad madura, con el severo traje blanco y negro de las viudas del siglo XVII: tenía ésta a los pies una caja de ricas joyas, y constaba en una inscripción esculpida en el marco, que las había cedido para fundar un hospital en 1630. Componían el resto del mueblaje una sillería de roble tallado, una mesa también de roble con pies de tijera, cuya tapa la formaba una enorme tabla de una sola pieza, admiración de cuantos la veían, y dos de esos armarios del siglo XVI, primorosamente tallados e incrustados, que remataban en el escudo de armas de la casa de Manolo. Pero sobre aquel fondo de antigua y severa magnificencia, había amontonado Manolo, el elegante de nuestra época, cuantos objetos pueden dar de sí las aficiones inconstantes, los caprichos de la moda, y las extravagancias de gustos pasajeros. Veíanse diseminados por donde quiera, no con ese bello desorden hijo del buen gusto artístico, sino con ese otro desorden hijo del despilfarro y de un carácter caprichoso en que la obra sigue siempre al deseo, sin dar tiempo a la reflexión, bronces, porcelanas, armas y arreos de caza, floretes, pipas de todos géneros, fustas, látigos, instrumentos de música, cromos, acuarelas, fotografías de cantantes famosas y de escandalosas celebridades femeninas, y otros mil objetos artísticos o extravagantes, esparcidos todos por las paredes, sobre los muebles, en étagères colocados sin gusto ni concierto, y hasta arrojados por los rincones. Formaban en uno de ellos un extraño trofeo, varios estoques de matar y algunas lujosas banderillas, con una cabeza de toro en el centro, disecada y con ambos cuernos dorados. La armadura de Milán tenía terciado un capote de toreo de raso encarnado; asomaba un cigarro puro por la visera de la celada, y parecía apoyarse en una garrocha de derribar vacas, que había mandado hacer Manolo con el asta de la lanza de uno de sus abuelos, muerto en Aljubarrota. A los pies de la dama del siglo XVII, estaba el retrato de una bailarina francesa, llamada por sus admiradores, la hija del aire; y por debajo de éste, encerrado en un rico marco dorado, y en el centro de una corona de laurel de plata, había un zapato de raso blanco, reliquia de aquella notabilidad pedestre, a quien llamaba Manolo -¡a los veinte y dos años!- la última ilusión de su vida.

Una cosa llamó también mi atención de niño: sobre el escudo de armas en que remataba uno de los armarios del siglo XVI, y cubriendo aquella gloriosa cimera que adornó la misma Isabel la Católica con una corona condal, había colocado Manolo, el descendiente de aquella raza de héroes, una montera de torero!...

No sé si era esto casualidad o era alegoría: es lo cierto que aquel pobre Manolo no añadió nunca a los timbres de su casa otra empresa, que la de aquella montera, desconocida hasta entonces en la heráldica.

Cuando nosotros entramos, Currito Pencas, sentado a horcajadas en una lindísima silla de estilo Luis XV, que decían haber pertenecido al tocador de la Dubarry, y había comprado Manolo en Londres a precio exorbitante, tenía la palabra, y contaba a su auditorio su viaje a París para dar una corrida de toros, y el disgustillo que, según él, había tenido con Napoleón III, que ocupaba la presidencia. Era un hombre de unos cuarenta años, cuyas formas parecían modeladas por el cincel de Fidias: su rostro tenía esa vulgar corrección que se nota en los tipos hermosos de la plebe, no obstante de reflejarse en toda su persona cierta gracia, cierta gallardía no exenta de dignidad, que le hacían simpático a primera vista. Vestía una chupa de terciopelo morado muy oscuro, y un chaleco bajo de lo mismo, que dejaba asomar la camisa ricamente bordada, y cerrada con botonadura de gruesos brillantes: una faja de seda de vivos colores ceñía su cintura, y caía sobre ella una leontina de oro de grosor enorme, que bien hubiera podido costar media talega de duros.

Manolo estaba a su derecha, sentado en la mesa de roble, y rodeábanlos, unos de pie y otros sentados, hasta diez o doce jóvenes, crème de los salones de la corte, al mismo tiempo que mocitos cruos del Club-tauromáquico.

-¡Sigue, Currito, sigue! -exclamó Manolo, invitandole a reanudar su narración, interrumpida un momento a nuestra llegada,

-Pues náa -prosiguió Currito-: too fue que ese Napoleón no tiene ni los diez y nueve reales cabales...3 Ya me tenía hasta la moña con que si la corría ha de ser hoy, si ha de ser mañana, y yo mientras tanto aburrío en aquel París de Francia, too el día olivares (boulevards) arriba, olivares abajo, con más frío que un perro chino, porque se levantaba a las noches un fresquete, que le hacía a uno tiritá en francés. Llegó por fin el día de la corría, y aquello fue pa morirse de risa, caballeros!... Parecía la plaza un tarrito de pomáa, y a poco más hasta los triperos me salen con guantes. En fin, caballeros, cuando salió el primer toro tocaron un vigulin!...

Aquí estalló una explosión general de risas y palmadas, a que puso fin Currito Pencas, continuando:

-Maté el primer bicho con un volapié, que si lo llego a da en Sevilla... ¡caballeros!... se junde Triana, y las campanas de la Giralda repican solas!... Pero en aquella tierra nadie entiende la afisión; y sin que sonara un aplauso atravesé el redondé con los trastos en la mano, para hacerle la venera al palco imperiá. Allí estaba el señó

Napoleón, más tieso que una estaca, y la Emperatrí, y el Príncipe imperiá, y una piara de Monsiures y Madamas, tan secos y tan filimicupistis, que no parece sino que se mantienen con obleas por no engordar. La Emperatrí hizo una seña, y me mandaron subir al palco. El Napoleón se puso entonces los espejuelos, me miró de arriba abajo, y -¡caballeros!... ni que hubiera entrao el gato de casa!- me volvió la esparda, y se puso a platicá con una vieja que traía en la cabeza una a modo de papalina blanca, y en la mano un soplaó de plumas, en vez del abanico de las jembras de po acá. -¿De qué campanario se habrá escapao esta lechuza?- me dije yo, que en cuanto le eché el ojo le tomé tirria. Y luego supe que era la duquesa de la Mota (La Motte)... como quien dice, de los cuatro ochavos.

Aquel desprecio me irritó; porque le acababa de brindá el toro en francés, y...

-¿En francés?... -exclamaron varias voces. ¿Y cómo dijiste?... ¡Cuenta, Currito, cuenta!

-Pues le dije mu serio: -«Brindo por bú (vous), y por la mujer del bú, y por el bucesito chico».

De nuevo estallaron las carcajadas, y de nuevo las hizo cesar Currito, continuando:

-La Emperatrí, al fin como española que es, estuvo mu campechana. Me dijo que me había visto toreá en Granáa, allá en años témporas, y me encargó que guardara bien el cuerpo, no fuera a haber alguna desgracia. Y en esto salta la vieja del soplaó, y me dice con una cara de mírame y no me toques:

-¡Perrro V. sangrrra mucho al torrro!...

-Pues si no quiere V. que lo sangre -le dije yo-, mándele al méico y que lo mate con la mepatía... Yo no sé si me entendió, que yo bien recio se lo dije; pero es lo cierto que a la Emperatrí le entró tal risa, que hasta tos le vino.

Pues vamos a que mientras la madre reía y el padre platicaba, se viene a mí el Napoleón chiquetito, me coge por las borlitas de la chupa, y en español construío me dice al oído:

-¿Tú me quierrres dar a mí ese traje bonito?...

-Pues ¿no he de querer, prenda?... Esta misma noche lo tienes en tu casa; le dije yo con el alma. Porque tenía aquella criaturita una carita de ángel, que parecía una mosqueta.

Y así fue: que aquella misma noche se lo mandé con dos chicos de la cuadrilla a las Tullerías, con un carté de letra mui fina, que decía:

Al Príncipe imperial, Currito Pencas.

Y por aquí le salió la pepita a la gallina, caballeros... Porque a la otra noche me estaba afeitando pa dir a los Italianos, cuando se me entra por las puertas un Monsiú Coliflor (Colfleuri), que era chalán (chambellan) del Emperaó, más flaco que el San Jerónimo de Moya.

-¿El señó Pencas? -me dijo.

-Para servir a V., amigo -le contesté.

Y sin salir de un ladrillo, me jizo entonces más de veinte cortesías... Empieza mi Coliflor con señó Pencas arriba, señó Pencas abajo, y que patatín, que patatán, saca cuatro billetes de a mil francos, y me los pone en la mano, diciendo que aquello me mandaba el Emperaó, en pago del traje que le había regalado al chiquillo.

-¡La sangre se me subió a la cabeza, caballeros!... porque me pareció que me daba aquel hombre una guantáa en mitá de la cara!... Venirme a pagar a mí con cuatro mil francos un regalo que hacía!...

-Tente, Currito, tente -me dije; que a este hay que descabellarlo por lo fino. Y como si fueran de papel de estraza, tiro los billetes en la mesa sin mirarlos siquiera, y dígole mu campechano:

-Siéntese V., Monsiú Coliflor: vamos a echar un cigarro... Y saco la Petaca de filigrana de oro que me regaló la Reina.

-¡Oh que linda alhaja! -dijo el Coliflor.

-No es fea -contesté yo como si tal cosa. Esa me la regaló la Reina de España.

-¡Oh que bravos cigarros!

-Regularillos son -le respondí: el Rey de Portugal me mandó seis cajones iguales.

Y al oír esto el Coliflor, abría cada ojo como un besugo. Y yo entonces más serio que una patata, hago con los billetes una torcía, les pego fuego en el velón, y se los presento para que encienda el cigarro.

-¡Oh señor Pencas!... ¡que V. quema el dinero!...

-No se apure V., señó -le dije yo entonces; que todavía me quedan un par de onzas en el bolsillo para comprarle al Emperaó un organillo y un mico, por si quiere ir a España a ganarse la vida...

-¿Qué es lo que V. dice, señor Pencas?...

-Digo, por si V. no lo sabe, que Currito Pencas no es ningún ropavejero del Rastro, ni tiene ningún baratillo en las callejuelas de Regina. ¿Está V.?... Digo, que lo que Currito Pencas regala, lo paga la voluntad, pero no lo paga el dinero... y digo, que ni el Emperaó de Francia, ni el Emperaó del globo terraco, le sacan a Currito Pencas los colores a la cara. ¿Está V., Monsiú Coliflor? ¿Está V.?

-Yo estoy espantado.

-Pues remójese la mollera con agua fresca, no le venga algún desmayo -dije yo volviéndole la espalda. Y aquella misma noche reuní a la cuadrilla y tomamos el tren, diciendo desde la ventanilla: ¡Adiós, París!... ¡Te queaste sin Currito Pencas!

Currito Pencas calló, y el entusiasmo del auditorio llegó entonces a su colmo. Aquellos pulidos caballeritos, entusiastas del París que llamaba Veuillot Universidad de los siete pecados capitales, se indignaron de que el París verdaderamente culto y elegante hubiese visto en su ídolo tan sólo un gitano garboso; la digna conducta de Napoleón fue considerada como un crimen de lesa tauromaquia contra aquel héroe del trascuerno, y la insolencia del torero como una arrogancia más caballeresca que la de aquel Conde de Benavente que prendió fuego a su palacio, por haberse hospedado en él aquel Condestable de Borbón, traidor a su patria. Rodearon, pues, al torero aclamándole, y a los gritos de -¡Bien! -¡Bravo! -¡Bien por Currito! -¡Viva Sevilla! -¡Eso es dejar bien puesta la bandera! -le levantaron, tal cual estaba sentado en la silla de la Dubarry, y le colocaron sobre la mesa.

-¡Pues claro está, caballeros! -decía Currito desde lo alto de su apoteosis. Quien descabella seis toros tóos los lunes, bien puede descabellar a un Emperaó una vez en la vida...

Abriose en aquel momento la puerta, y entró un negrito de unos quince años, vestido de librea verde aceituna, con una gran bandeja llena de botellas, platos y copas. Era el groom de Manolo, que traía el lunch para los señoritos.

Manolo mismo nos sirvió a Fernando y a mí algunas pastas y una copa de vino, y ordenó luego al negrito que nos llevase a ver el león preso en su cueva. Indudablemente estorbaba a la completa expansión de los señoritos la presencia de aquellos dos inocentes testigos. Mas Fernando, que no acertaba a separarse de Currito Pencas, se declaró en completa rebelión, y de tal manera chilló y se resistió, que tuvo que acudir su hermano y sacarle a viva fuerza, y casi arrastrando, a la escalinata del jardín. Allí ordenó a su lacayo que nos acompañase a ver el feroz cautivo del Sahara, y nos llevase luego a casa en el tílburi que nos había traído.

A poco oíamos a lo lejos la preciosa voz de barítono de Manolo, que dominando a los gritos y a las carcajadas, cantaba al compás de las copas que chocaban, el famoso brindis de Maffeo Orsini en la ópera «Lucrecia»:

Al oírle Fernando, apretaba los dientes de rabia.

-Si yo fuera el león -exclamaba-, rompía la reja, y me comía a mi hermano y a ese farol de Manolo!...

Tuvo, sin embargo, que refrenar sus bríos y resignarse a subir conmigo al tílburi, mientras veíamos a la alegre cuadrilla subir a su vez en un breack, tirado por cuatro caballos que el mismo Manolo guiaba, y alejarse a trote largo, en dirección del cortijo de la Picota.

En el camino nos cruzamos con otros dos coches de alquiler, de cuyas cortinillas corridas salían estrepitosas risotadas de mujeres. El lacayo, que trataba a Fernando con harta familiaridad, le dijo, sonriendo de un modo extraño, una cosa que no entendí. Fernando le contestó otra de que tampoco pude enterarme, y se quedó luego muy pensativo. Yo, para distraerle, le volví a tirar de su incipiente coleta.

-¡Déjame! -me dijo bruscamente: ¡no seas niño!

Y cada vez más pensativo, seguía con la vista a los dos coches, que en aquel momento tornaban también el camino del cortijo de la Picota...

¡Pobre Fernando!... Tres meses después murió en pocos días, sin que su madre permitiese al confesor acercarse a su cabecera.

-¿Para qué asustarle? -decía. ¡Si es un ángel!...

¡Ah! no son ángeles, a los trece años, los niños que sus madres abandonan en manos de criados desde su más tierna infancia.

Así se pasaban los días de Manolo, cual una sarta de dorados cascabeles, alegres, ruidosos y vacíos, dando la ociosidad entrada a todos los vicios, prestándoles la opulencia todas las seducciones y todos los refinamientos. Jamás le habían negado sus padres el menor de sus gustos; jamás le habían contrariado el más leve de sus caprichos; y aquel natural inculto creció por lo tanto torcido, como una planta bravía abandonada en terreno salvaje, sin experimentar nunca la imperiosa necesidad que tiene el hombre de vencerse a sí mismo, sin comprender tampoco en las demás criaturas otro destino que el de servir a su egoísmo y satisfacer los goces en que cifraba el único fin de su vida; porque en esto, iba Manolo más allá del que dijo: «Comamos y bebamos, que mañana moriremos». ¡Manolo creía que no iba a morir nunca!

Murió al cabo su padre, y hubo que dividir en seis partes, por ser cinco las hermanas de Manolo, aquel caudal que se creía tan inmenso, y que apareció entonces mermado por las malas administraciones, y embargado en su mayor parte por esa polilla, hija del lujo, que carcome y arruina a las casas nobles: ¡las deudas!

Viose entonces aquel brillante joven, que se creía poderoso, heredero tan sólo de un corto caudal que aun no poseía, y sujeto desde su infancia a todas las torcidas exigencias de una educación opulenta y licenciosa. Viose precisado por vez primera a lanzar sus miradas más allá del horizonte de caballos, toros y perros, salones, casinos y lupanares, en que hasta entonces había vivido encerrado, y vio con sorpresa que tras de la opulencia llegaba la medianía, y que tras de la medianía, podía venir la miseria. Ni por un momento pensó sin embargo en abandonar el lujo y el boato a que le habían acostumbrado sus padres. Pensó más bien para sostenerlo, en efectuar con la hija de algún banquero, o comerciante rico, uno de esos matrimonios de conveniencia, en que el yerno busca en las talegas del suegro un puntal de oro que sostenga la casa solariega que se derrumba, y el suegro, en los pergaminos del yerno, cierto polvo de antigüedad que encubra lo flamante de su arca. Mas según la frase de Manolo, era la cruz del matrimonio el árbol de que se ahorca el marido; y al llegar la hora de escoger árbol en que ahorcarse, le sucedió lo que a Bertoldo, que ninguno le pareció bastante a propósito. Pensó entonces en dedicarse a la política, juego de albur en que todos pueden probar fortuna; mas su ignorancia y su falta de carrera le cerraban los caminos honrosos por donde se llega a altos puestos, y su inconstancia y su pereza, jamás vencidas, le cortaban esos otros caminos por donde la osadía conduce a la ambición, a donde rara vez logra la modestia colocar al mérito.

Mientras tanto, el tiempo corría, y de tal modo corrían también los dineros de Manolo; que a los dos años había derrochado por completo la legítima heredada de su padre. Mas no por eso moderaba su boato ni cercenaba sus gastos: limitábase tan sólo a no pagar las deudas que por todas partes contraía, y de locura en locura, de bochorno en bochorno, de bajeza en bajeza, llegó por fin a vivir por completo de las pingües rentas de la poca vergüenza. Pedía dinero prestado; comía cada día de la semana en casa de uno de sus ilustres parientes; daba rodeos para evitar el encuentro de acreedores, como el peluquero y el perfumista, y empeñaba alhajas y hasta ropas, para comprar el ramo de camelias que regalaba a la actriz de moda, o satisfacer algún otro capricho semejante, en que le parecía ver un deber de sociedad o una exigencia de su rango. ¡Cuántas amarguras no le costó, sin embargo, ahogar ese sentimiento de noble pundonor que existe siempre en el hombre bien nacido mientras no se encanalla! ¡Qué rubor cubrió su frente la primera vez que no pudo pagar una deuda que le exigían! ¡Qué vergüenza cuando tuvo que regatear por primera vez en una casa de préstamos, los intereses de la alhaja que empeñaba! ¡Qué humillación cuando se oyó designar entre las mismas personas de su círculo, con el apodo de el joven de los siete cocineros!...

Ya Manolo debía hasta la camisa que llevaba puesta; ya se veía forzado a ahorrar las cuatro pesetas que le costaba un par de guantes, y aún no se había deshecho del coche y los caballos; aún no podía prescindir del abono en el teatro, y creía necesarios los mil gustos refinados, que, por no haber aprendido nunca a prescindir de ellos, formaban en él una segunda naturaleza. Encaminábase un día a paseo, guiando los caballos de su tílburi, con un lacayo a la trasera, que llevaba terciado al brazo el lindo bastón del señorito, con puño de Malaquita. De repente se lanzó a los caballos con un palo en la mano, un hombre del pueblo, roto y mal encarado, y detuvo con vigoroso empuje el trote del brioso troco. Indignado Manolo, levantó el látigo para castigar al atrevido, sin reconocer en él al infeliz carpintero del Club tauromáquico, a quien adeudaba tres mil reales, importe de sillas, picas y palos de banderillas. Mas el hombre saltó como una fiera al coche, y agarrando al elegante por el cuello; barbotaba furioso:

-¡Mis hijos se mueren de hambre y tú andas en coche!... ¡Paga, canalla, paga o te estrangulo! Y al decir esto la estaca del artesano se levantaba en alto para medir las espaldas del señorito.

Aterrado Manolo, se arrojó por el otro lado del coche, y más atemorizado que confundido, más lleno de saña que de vergüenza, desapareció entre el círculo de curiosos que había rodeado al coche, mientras el carpintero gritaba:

-¡Tunante!... ¡tramposo!... ¡en el centro de la tierra que te escondas te he de arrancar mi dinero!...

Este incidente llenó de temor a Manolo, y para evitar que el feroz carpintero cumpliese sus amenazas, decidió pagarle su deuda. Mas ¿dónde encontrar aquellos tres mil reales, mezquina cantidad, que era en aquel tiempo para su agotada bolsa una suma más que considerable? Preocupado con esta idea, se dirigió aquella noche a primera hora, con el fin de matar el tiempo, a casa de la Condesa Z***, ilustre parienta suya, cuya hija única había de casarse de allí a pocos días. Encontró a las señoras en un salón morisco, a que daban entrada, por uno y otro lado, dos intercolumnios árabes, cerrados con amplios cortinajes de seda de Mogador. Hallábase allí expuesto el trousseau de la novia; y varias otras damas, amigas y parientas de la Condesa, contemplaban, criticaban y envidiaban aquel inmenso conjunto de preciosidades, valuado en dos millones de reales. Joyas, telas, ropas y objetos preciosos de todas clases, hallábanse colocados en una especie de bazar que ocupaba todo el largo del salón, teniendo cada objeto una tarjeta en que constaba, el nombre de la persona que lo había regalado.

Manolo saludó afectuosamente a aquella ilustre anciana, en que se hermanaban de un modo extraño la piedad y la firmeza, la dulzura y la prudencia. Su traje era negro de seda, rico cual correspondía a su clase, severo cual cuadraba a sus años; sus cabellos blancos, sujetos con un gran peine de azabache, formaban gruesos bucles, que daban a su cabeza el airoso aspecto de un camafeo romano. Manolo saludó también a las otras señoras, y siguió con ellas pasando revista a las galas de la novia.

-¡Oh qué cosa tan magnífica! -exclamó una de las damas, deteniéndose ante unos encajes primorosamente colocados sobre visos de raso celeste.

-Este es el regalo de mi prima Lady M*** -dijo la Condesa; y dejando sobre el tapete un pañuelo blanco que tenía en la mano, desdobló los encajes.

-Estos -decía mostrándolos-, pertenecieron a la reina Ana Stuard: forman tan sólo los vuelos de unas mangas, y están apreciados en cinco mil duros.

-Pues no me parece muy delicado regalar una cosa ya usada -dijo remilgadamente una vieja llena de cosméticos y moños, que en todo encontraba faltas.

-Y a mí, sin embargo, me ha parecido este regalo más delicado que ninguno -replicó la Condesa-; porque estos encajes los regaló la reina Ana a la bisabuela de mi prima, y para que no salgan de la familia los ha regalado ella a mi hija.

-Será lo que tú quieras -dijo desdeñosamente la vieja-; pero jamás me pondría yo desechos, aunque fuesen de una reina.

-Desechos son estos que más de una princesa los querría para adornarse -dijo con sorna la Condesa. Pero para que veas que mi pobre prima no regala tan sólo desechos, aquí tienes el complemento de su regalo.

Y al decir esto la anciana, levantó con ambas manos un rico joyero de plata, en que se hallaban apiladas sin engaste, cual si fuesen avellanas, hasta un centenar de gruesas perlas de Guzarate.

-¡Pero esto representa un caudal! -exclamó asombrada una de las señoras.

-Ni siquiera las he contado -dijo sencillamente la Condesa.

Al oír esto Manolo, levantó vivamente la cabeza, y atusándose el bigote, se puso a contemplar las riquísimas perlas, mientras la vieja de los moños decía despechada:

-¡Claro está! Como su marido fue Virrey en la India, no le costaría mucho a la buena Lady hacer pacotilla de perlas.

De nuevo iba a replicar la Condesa; pero atajole la palabra un lacayo, anunciando que esperaba una visita en un salón vecino. La Condesa invitó entonces a las damas a permanecer allí con su hija, o a venir con ella al otro salón en que esperaba la visita anunciada: todas optaron por lo último, y Manolo, que parecía preocupado, aprovechó la ocasión para despedirse.

-¿Te vas, Manolo? -dijo la Condesa, tendiéndole la mano.

-Sí -replicó este: voy a dar una vuelta por el círculo, y a oír luego los Hugonotes... ¡Anoche estuvo Tamberlick delicioso!...

-Pero vendrás a comer mañana... Es miércoles.

-¡Ya lo creo! -dijo Manolo; y dirigiéndose a las otras damas, añadió riendo: ¿Dónde encontraré un Anfitrión como la Condesa... y unas côtelettes como las de su cocinero?

La señora se echó a reír.

-Ya sabes -dijo-, que la Condesa-Anfitrión es Anfitrión inamovible, y que las côtelettes están vinculadas a los miércoles. Ya tiene orden el cocinero de que nunca falten.

-¡Pero esos son ya demasiados mimos!

-¿Y qué quieres, hijo? -replicó bondadosamente la anciana. Mimar a los jóvenes es el gran placer de las viejas.

Manolo bajó lentamente el primer tramo de la magnífica escalera, poniéndose los guantes; allí se detuvo y buscó algo, que no encontraba, en los bolsillos del pantalón primero, y después en los de la levita: entonces volvió atrás, y entró de nuevo en el salón morisco, como si hubiese olvidado algo. Las señoras habían ya salido; y al verse solo Manolo, lanzó en torno suyo una mirada medrosa; acercose rápidamente de puntillas al sitio en que estaban los encajes de la reina Ana y las perlas de Guzarate; allí se detuvo, mirando a todas partes azorado; dos veces extendió su mano trémula, y dos veces volvió a retirarla; de nuevo volvió a extenderla; y pálido, desencajado, temblándole las rodillas, cogió al fin del joyero cuatro de las ricas perlas. Una especie de grito ahogado y el crujido de un traje de seda, sonaron en aquel instante al otro extremo del salón: el ratero volvió aterrado la cabeza, y vio moverse suavemente las cortinas del intercolumnio, como si acabasen de dar paso a alguien. Quedó el miserable por un momento inmóvil, cual la estatua del espanto, con la lengua pegada al paladar y los ojos extraviados fijos en el intercolumnio; lanzose al fin a las cortinas y las descorrió violentamente. Nadie apareció: sólo había en el suelo un pañuelo finísimo, marcado en una de las esquinas con una G y una corona condal. Era el mismo que había olvidado la Condesa sobre el tapete, al desplegar los encajes.

Entonces se creyó Manolo perdido, y salió corriendo del salón; bajó a saltos la escalera, y sin cesar de correr atravesó calles y plazas, sin saber a dónde iba, oprimiendo siempre entre sus dedos crispados aquellas perlas robadas, resonando sin cesar en sus oídos aquel grito ahogado y aquel crujir de sedas, apareciéndose a su imaginación extraviada los transeúntes que se cruzaban por todas partes, cual enormes letras que se combinaban de diverso modo, como si tuviesen vida, para producir siempre y tan sólo la palabra ¡ladrón!, la palabra ¡ratero!...

Jadeante llegó al fin al puente D***, solitario en aquella hora; y encaramándose en un pilar arrojó con furia a la turbia corriente del río las cuatro riquísimas perlas.

Entonces, por una de esas obcecaciones de la pasión, tan comunes en el hombre, el ilustre ratero se creyó seguro y se creyó absuelto, y dejándose caer en un banco del puente, respiró desahogado!

A la mañana siguiente era ya la una, y aún no se había levantado Manolo; mas no por eso dormía. Recostado desde el amanecer en los almohadones de su lecho, fijaba su hosca mirada en el suelo, y quizá por primera vez en la vida daba entrada su espíritu a la reflexión, fuerte y poderosa palanca del bien, si la conciencia le sirve de punto de apoyo. Atraíale esta luz clarísima dentro de sí mismo; mostrábale el precipicio que la pasión le había ocultado, y sacudía las fibras de su alma, despertando los últimos restos de pundonor y de vergüenza que en ella quedaban. Horrorizábase entonces de haber intentado pagar una deuda con un robo: quería a todo trance hallar un arbitrio que le pusiese a cubierto de la ruina y la deshonra, y afanábase por combinar un plan de vida tranquila y morigerada. Mas en vano tiraba cálculos y trazaba planes: anegada su razón en un mar de ideas opuestas, parecía oscilar, como una luz que se apaga, dejando tan sólo claras ante su vista aquella estaca del artesano que se levantaba amenazándole, y aquel cortinaje de seda que se movía, cual un testigo que le acusase. Furioso entonces Manolo se revolcaba en su lecho, y mordía las almohadas desesperado... De nuevo volvía a todas partes los ojos, de nuevo dirigía a todas partes sus pensamientos, y de nuevo tornaba a encontrarse encerrado en aquel círculo de ignominia en que le aprisionaban sus deudas y su deshonra... ¡Tan sólo el infeliz no elevaba sus ojos al cielo, cuya misericordia nadie le había mostrado! ¡Tan sólo no los levantaba a María, remedio de todas las angustias, a quien nunca le enseñaron a llamar Madre!...

Pasaban entonces en su imaginación, cual sombras fantásticas, aquellos ya lejanos días de ventura, llenos de opulencia y de goces, añadiendo a su angustia la amarga angustia del bien pasado que en la desgracia se recuerda, uniendo a su dolor, el merecido dolor del bien que por nuestra culpa se llora perdido... ¡Dolor sin remedio, dolor punzante cual ninguno, que despierta ya en el alma del que lo sufre, algo de la impotente rabia del condenado!

-¡Ah! -decía el infeliz sollozando: ¡si yo supiese ganarme la vida! ¡Si yo tuviera fuerza de voluntad para vencerme!... ¡Si desde niño hubieran castigado mi insolencia y domado mis caprichos!... ¡Ay! Mi padre no quiso que un ayo me reprendiese, y hoy me abofetea un villano... ¡Mi madre no consintió que un profesor me amenazara, y hoy me amenaza un presidio!...

¡Y el infeliz Manolo ocultaba el rostro en las almohadas llorando como un niño, sin consuelo de los hombres, a quienes no osaba confiar sus penas; sin consuelo de Dios, a quien no le habían enseñado a invocar nunca!... ¡Ah! ¡si aquel padre, si aquella madre, hubiesen podido contemplar desde la eternidad el dolor y la ignominia de aquel hijo de sus entrañas, cuán prudente hubieran juzgado la previsión de esos otros padres ricos, opulentos, Grandes, que no se desdeñan de dar a sus hijos una carrera que les asegure ese mañana, siempre y hoy más que nunca incierto! ¡Cuán saludable esa severa disciplina de colegio, que acostumbra al niño a la obediencia y al trabajo, para preservar al hombre de la ociosidad y la soberbia! ¡Qué profundo aquel dicho de Luis XIV, cuando, arrastrado por su fogosidad nunca domada, a un acto de cólera indigno de un rey, exclamaba desolado: «¿Pero no había varas en mi reino cuando yo me educaba?...».

Un golpe dado a la puerta de la alcoba vino a sacar a Manolo de sus amargas reflexiones. Al oírlo se incorporó de un salto en el lecho, con esa zozobra compañera siempre de la mala conciencia, y no se atrevió a contestar. Abriose entonces la puerta y entró su ayuda de cámara con una carta. Manolo miró por todas partes aquel sobrescrito cuya letra no conocía: decidiose al fin a romper el sobre, y cuatro mil reales en billetes de banco cayeron sobre las ropas del lecho. Manolo creyó que soñaba; vio entonces que acompañaba a los billetes una carta sin firma, y en el colmo de la sorpresa leyó en ella lo siguiente:

«Conozco las luchas de la vida, y sé cuán peligrosas son para la juventud sin experiencia y sin apoyo. Permítame V., pues, que le ofrezca el mío, impulsado por el recuerdo de la amistad que me unió con su padre. Desde este momento puede V. solicitar en el ministerio de Estado el destino que más sea de su gusto, en la firme persuasión de que le será concedido; y por si acaso se encuentra V. al presente en alguno de esos apuros tan comunes en los jóvenes, permítame que le ofrezca este insignificante préstamo, que no creo pueda herir su delicadeza. Yo mismo he de reclamar su pago cuando se encuentre V. en disposición de hacerlo.

»No es el trabajo lo que deshonra, mi buen amigo: ánimo, pues, y escuche mientras tanto un leal consejo, que si en algo le punza es tan sólo para curarlo. Difícil es ser pobre con decoro, a quien fue quizá rico con orgullo; pero si quiere V. que esto se le haga fácil, practique sus deberes religiosos, y bien pronto echará raíces en su alma esa fuerte hija de la fe, que se llama conformidad cristiana».

Manolo leyó y releyó esta carta, y fuera de sí, de alegría, se arrojó de la cama, sin que un pensamiento de gratitud hacia aquel bienhechor misterioso acudiese a su mente; sin que un movimiento de acción de gracias hacia la Providencia divina que le tendía la mano, brotase en su corazón egoísta, y como tal ingrato!... Ya tenía con qué pagar su deuda al temible carpintero; ya tenía en aquel destino prometido una base en que asentar aquella vida nueva que deseaba; y sintiendo con esto ahuyentarse sus recelos y disiparse sus temores, llegaba hasta creer imposible que la vieja Condesa hubiese descubierto su robo. ¿Acaso no pudo el viento mover aquellas cortinas? ¿Acaso no eran estas de seda, y podían crujir al moverse? En cuanto al pañuelo, pudo dejarlo caer la Condesa al pasar por allí cuando se despidió de Manolo; y el grito... ¡ah! aquel grito ahogado cuyo recuerdo le daba escalofríos media hora antes, le parecía entonces, sin duda de ningún género, que debió de ser tan sólo efecto de su azorada fantasía. Ocurriósele al fin lo que desde luego debió de ocurrírsele: que quizá la misma Condesa había escrito aquella carta. Pero no comprendiendo en los demás la generosidad que en sí no tenía, achaque común a todos los mezquinos, examinaba la letra, que parecía disfrazada, diciéndose convencido:

-¡Imposible!... Yo en su caso hubiera hecho arrojar al ratero por la ventana... Esta carta tiene que ser de algún buen amigo de mi padre, a cuya noticia ha llegado el escándalo de aquel maldito carpintero.

Así son a veces los hombres, y así era siempre Manolo; así ahuyentaba sus temores con sus deseos, y de tal manera los transformaba en realidades, que cuando llegó la hora de comer se vistió con su elegancia de costumbre, y se encaminó con la mayor frescura a casa de la Condesa.

-¡Audacia! ¡audacia! -se decía para acallar aquellos temores que a medida que se acercaba al palacio de nuevo le asaltaban. Si nada sabe, nada arriesgo... Si algo sospecha, mi audacia la desorienta... Si lo sabe todo, queda siempre el recurso de negar, o el de pedirle perdón, confesándole mi culpa... Apelaré entonces al patético, que es arma a que las mujeres nunca resisten.

Al atravesar el anchuroso vestíbulo, los lacayos se levantaron para saludarle respetuosamente, y Manolo sintió que enrojecía hasta el blanco de los ojos. Flaqueáronle las piernas al subir la escalera, y al verse frente a frente de aquel rico portière de terciopelo, en cuyo fondo se destacaban bordadas las armas de la ilustre Condesa, de tal modo refluyó la sangre a su corazón, que tuvo que detenerse allí por varios minutos. Dueño al cabo de sí mismo, entró con paso firme en el gabinete, y... vio que la Condesa le tendía la mano con la misma amabilidad de siempre, sin que el menor rastro de sorpresa, de indignación o de disgusto, asomase en aquella imponente fisonomía, en que se hermanaban entonces, como todos los días, la dignidad de una reina y la dulzura de una santa.

Manolo sintió un movimiento tan vivo de alegría, que estuvo a pique de venderse; contúvose, sin embargo, y alegre y chancero como nunca, se puso a bromear con los otros convidados que aquel día tenía la Condesa. Ésta, por su parte, le prodigó las atenciones de siempre; sirviole ella misma las famosas côtelettes de que tanto gustaba, y cuando ya se despedía el ratero, bien entrada la noche, le preguntó, de modo que todos los presentes pudieran oírlo:

-¿Vas a la ópera, Manolo?

-A lo menos iré al terceto -respondió este-: cantan esta noche Lucía.

-Pues me vas a hacer un favor, y me ahorras escribir una carta... Allí estará la Baronesa, porque hoy le toca su turno; hazle una visita de mi parte, y dile que ahí lleva el importe de los billetes de la rifa que me envió esta mañana.

Y al decir esto la señora, puso en manos de Manolo, de modo que todos lo vieran, un bolsito de raso lleno de dinero. Aquella prueba de confianza acabó de disipar los temores de Manolo, y lleno de alegría se dirigió al teatro, repitiendo casi en voz alta:

-¡Nada sabe! ¡Nada sabe!... ¡Me he salvado!

Al volver a su casa a las altas horas de la noche, como tenía de costumbre, se le ocurrió leer de nuevo la carta anónima: notó entonces una cosa en que antes no se había fijado; y era que despedía aquel papel el mismo suave perfume de piel de Rusia, esencia favorita de la Condesa, en que estaban impregnadas sus cosas y su persona.

-¡Imposible que sea ella! -exclamó Manolo, tirando la carta con rabia. ¡Si así fuera, sería esa mujer el demonio del disimulo!...

¡Y no se le ocurrió decir al ingrato, el ángel de la delicadeza!

A pesar de estas nuevas dudas, se levantó Manolo a la mañana siguiente perfectamente tranquilo. Su plan estaba formado: había de pagar antes que nada su deuda al feroz carpintero, cuya estaca y cuyos gritos le inspiraban tan serios cuidados; había después de firmar obligaciones de todas sus deudas; solicitaría luego un Consulado en Rusia, único país de Europa que no había visitado; y allí, viviendo tranquilamente de su sueldo, iría pagando poco a poco lo que debía, al mismo tiempo que probaba los placeres de los climas fríos, de que hasta entonces no había disfrutado.

A las doce se dirigió Manolo con los billetes en el bolsillo a pagar él mismo su deuda al infeliz carpintero: temía que si daba esta comisión a algún criado, se compensase éste con aquella cantidad de sus salarios atrasados. No lejos del taller del carpintero, detúvose para dejar franco el paso a un gran coche de caza, tirado por cuatro caballos, que guiaba un caballero.

-¡Manolo! -gritó éste deteniendo el coche. ¿No vienes al Hipódromo?

-¡No, no puedo! -respondió Manolo, alejándose al reconocer en el que guiaba y en los que ocupaban el coche a seis o siete de sus elegantes camaradas.

-¡Mira! -¡Manolo! -¡Ven acá! -¡Vamos a las carreras! -gritaban los del coche. Uno de ellos echó pie a tierra y le cogió por un brazo; otro sacó de debajo del asiento una botella de Jerez todavía lacrada, y echándosela a la cara, cual si fuese una carabina, gritaba apuntándole:

-¡O vienes, o disparo!...

Manolo procuraba excusarse. Entonces se inclinó desde el pescante el joven que guiaba, y le dijo en alemán, con cierto tono incisivo:

-¿No tienes dinero para hacer apuestas?

Esta pregunta, hecha para humillarle por el hijo de un rico banquero salido de la nada, a quien en su aristocrático orgullo llamaba Manolo El Marqués del Ochavo, le irritó de tal manera, que contestó también en alemán, con una arrogancia digna de su futuro Consulado:

-¡Cuantas quieras te hago desde ahora!

Y sin acordarse ya de deudas ni de estacas, subió al coche y se marchó con sus amigos a las carreras de caballos.

Una hora después de tomado el lunch, había perdido ya Manolo los tres mil reales del carpintero en diversas apuestas, y debía ademas a cierta Marquesa casquivana, que hablaba de jockeys y caballos como el más consumado sportsmen, unos cuantos pares de guantes, importe de otra apuesta que con ella había cruzado. Aquella noche gastó Manolo quinientos reales en una preciosa caja de sándalo en que envió a la Marquesa sus guantes, y para lo poco que ya quedaba de aquel dinero que debía a la más delicada caridad, acabó de gastar el resto en cenar alegremente con unas cuantas amigas, notabilidades afamadas de la Compañía de Bufos!...

¡Cuán poco puede el hombre contra su naturaleza viciada, si no le sostiene esa gracia divina que las sombras del pecado ahuyentan del alma!

Al pie de los Alpes marítimos, y en aquella parte de la alta Italia que ocupa la Lombardía, brota al lado de un peñasco y en el fondo casi de un barranco, un manantial de aguas medicinales. Bájase a él por una escarpada senda, que recorren los enfermos en bestias o literas, con riesgo manifiesto de encontrar en el fondo del barranco el remedio total de sus dolencias. A la izquierda se descubre desde una altura Monza, la antigua capital del reino Lombardo Véneto, y a la derecha queda el camino de Mónaco, la famosa corbeille de fleurs, que oculta entre sus hojas esa serpiente venenosa que ha cubierto toda aquella tierra de tumbas de suicidas: la ruleta de Baden-Baden, que expulsada de Alemania ha ido a labrar en el exiguo principado su magnífica caverna.

La especulación ha levantado al lado del manantial un gran Hôtel, en que falta al enfermo una capilla en que pedir a Dios misericordia, y no le falta, sin embargo, un salón de baile en que prepararse a morir, ni una ruleta, sucursal de la de Mónaco, en que ganar el dinero para su entierro. ¡Qué triste es ver agitarse allí, al compás de un piano, unas piernas a que pronto comunicará la muerte su rigidez espantosa! ¡Qué horrible ver adelantarse una mano descarnada, para fiar a un punto de la ruleta, cantidades que debieran de estar ya consignadas en un testamento!

Mézclanse allí entre las gentes honradas que vienen a tomar las aguas, algunos de los opulentos jugadores de la Contamine de Mónaco, y algunos de esos otros tahures y bribones que pululan alrededor de las mesas de juego, como asquerosas ratas a caza de desperdicios. Allí se hablan todos los idiomas, corren todas las monedas, se cometen todas las infamias, y se sufren todos los dolores... Allí también acude de cuando en cuando la muerte, a escarbar en aquel cenagal de enfermedades y de vicios, para sacar a tirones de este mundo a un alma, que cae en manos de Dios vivo mientras en el hotel siguen, tabique por medio, jugando, bailando y sufriendo.

Por agosto de 18*** llegué a este famoso hotel, acompañando a otro Padre enfermo, que iba a tomar las aguas. Habíase recogido una noche mi compañero más temprano que de ordinario, por hallarse algo fatigado, y a la luz de una vela de esperma, me preparaba yo en el aposento inmediato a escribir algunas cartas. Aún no había comenzado mi tarea, cuando llamaron a la puerta: era una camarera del hotel, que me buscaba para auxiliar a un moribundo. Detúveme tan sólo el tiempo necesario para coger mi crucifijo, y seguí en pos de ella por aquel dédalo de corredores, guarnecidos por todas partes de puertas.

-¿Y está muy grave? -le pregunté por el camino.

-Yo creo que está ya muerto -me contestó, con la mayor naturalidad. Esta mañana me dijo que avisase a un sacerdote que había visto en la fuente, y yo me olvidé de ello... Entré esta noche a ver si quería algo, y ya no contestaba... ¡Madonna mia! ¡qué miedo, verle boca arriba, mirando al techo!...

Comprendí que no era ocasión de decir a aquella mujer lo que merecía, y me limité a apretar el paso, mientras le preguntaba:

-Pero el médico, ¿qué ha dicho?

-Si el médico no lo ha visto, signor... Ese hombre no viene a las aguas; viene a la ruleta... Es un pobrete, signor; paga sólo tres liras...

Llegamos por fin al último piso del hotel, y se detuvo mi guía ante una puerta entreabierta; allí se despidió, diciendo que era necesario avisar al amo, para que sacasen antes del alba el cadáver de aquel hombre, que aun no se sabía si había muerto. Penetré, pues, solo en aquel cuchitril infecto, en que no había más que dos sillas, una mesa y una especie de catre de tijera. En él se hallaba tendido boca arriba un hombre, que respiraba fatigosamente; tenía los ojos cerrados, y una mano delicada y blanca, cual la de una dama, salía por entre las ropas del lecho, oprimiendo fuertemente algunas prendas de vestir viejas y mugrientas, con que sin duda había procurado arroparse. A la luz de la bujía que allí encontré encendida, examiné aquellas facciones, en que la muerte había impreso ya su característico sello: era un hombre de más de cuarenta años, y sobre la palidez cadavérica que cubría su semblante, destacábanse esas manchas rojas y granujientas, amoratadas entonces, que producen las bebidas alcohólicas en las personas dadas a este vicio. No me desalenté sin embargo: ocurrióseme al punto que aquel hombre podría ser un vicioso y hasta un criminal, pero no era seguramente un impío. El hecho de haber pedido un sacerdote revelaba ese resto de fe, más o menos viva, que establece un abismo sin fondo entre la impiedad formal y el mero libertinaje.

Removile primero suavemente, y después con violencia; hablele luego al oído en cuantos idiomas sabía, pues ignoraba cuál era el suyo. Mas el moribundo permanecía siempre inmóvil, con los ojos cerrados y la boca entreabierta, respirando de aquel modo fatigoso, semejante ya al estertor de la agonía, y latiendo su corazón apresuradamente, cual un reloj que gasta su cuerda rota.

Imposible era administrarle el sacramento de la Extremaunción, porque el pueblo más cercano era Roccabruna, y distaba más de una hora de camino por la áspera pendiente de la montaña. Fundándome entonces en que, al pedir aquel desgraciado un sacerdote, había demostrado su deseo de reconciliarse con Dios, extendí sobre él mis manos, y sub conditione le di la absolución. Coloqué después mi crucifijo sobre su pecho, y me senté a su cabecera, sin que pudiese prestarle otro auxilio que el de humedecer de cuando en cuando aquellos labios secos, con mi propio pañuelo que mojaba en un jarro.

Así pasaron dos horas: a lo lejos oía el piano del salón de baile, que tocaba una polka; a mi lado percibía el aliento de aquel hombre desconocido, que iba a espirar. Faltome al fin el aire en aquella reducida estancia, infectada por el vaho del enfermo, y abrí la ventana para respirar un momento. Al frente se veían las de la sala de juego, también abiertas, y pude distinguir, bajo las pantallas verdes de sus lámparas, los rostros ansiosos de los jugadores, que se inclinaban sobre la ruleta, y los montones de oro, que cubrían el tapete.

Un ruido estridente y desagradable resonó entonces hacia el lecho del moribundo: creí que arañaba en la pared con las uñas, y acudí al punto a su cabecera. Encontrele, sin embargo, en la misma postura, inmóvil, como le había dejado. Entonces volvió a resonar aquel mismo ruido, que me causaba escalofríos: era que el moribundo rechinaba los dientes...

A lo lejos tocaba entonces el piano el brindis de Lucrecia, y una poderosa voz de contralto cantaba al mismo tiempo su famosa letra, Il secreto per esser felice... Oprimióseme el corazón tan fuertemente, que no pude contener las lágrimas; y obedeciendo a un movimiento espontáneo, acerqué el crucifijo a aquellos labios secos; mas éstos permanecieron mudos e inmóviles, y no lo besaron.

A las dos movió el moribundo levemente la cabeza, y arrojó por la boca una poca de sangre; diez minutos después entró en la agonía. Entonces me arrodillé a su lado, y comencé a recitar la recomendación del alma. Al llegar a las palabras Redemptorem tuum facie ad faciem videas. -Veas a tu Redentor frente a frente, el agonizante experimentó una fuerte sacudida. Abrió los ojos, me miró espantado, echó hacia atrás la cabeza con tal violencia, que sentí crujir sus vértebras, y arrojando por narices y boca un mar de sangre negra, se quedó muerto.

Sentí un estremecimiento de horror, que me corría de pies a cabeza, y apenas si pude balbucear hasta el fin aquellas oraciones. Al terminarlas llamé a la camarera, y a poco llegó también el dueño del hotel, acompañado del médico y de otros dos hombres. Adivinando entonces la repugnante escena que iba a seguirse, me retiré a mi cuarto para rezar, por el alma de aquel muerto sin nombre, el oficio de difuntos.

A poco sentí que abrían una puerta que daba al campo, situada al pie de mi ventana. Ya el alba comenzaba a clarear, y pude distinguir a dos hombres del pueblo que salían sigilosamente. Llevaba uno al hombro una azada, y el otro conducía del diestro un borrico: sobre éste iba atravesado un bulto, envuelto en una sábana sucia. Tomaron en silencio una estrecha senda que trepa por la montaña, hasta llegar a Roccabruna, antigua ciudad de Mónaco, perteneciente hoy a Francia. Al volver un recodo del camino, enredose la sábana en un matorral, y desgarrándose por un extremo, dejó asomar los pies desnudos y agarrotados de un cadáver.

Era el de aquel desconocido, que marchaba ya camino del cementerio.

- *V* -

Aquella tarde se presentó en mi cuarto el dueño del hotel, suplicándome que le tradujese al italiano algunas cartas en español, encontradas en la maleta del difunto.

-Era un falsario de España -me dijo. Vea V. lo que traía en un doble fondo de la maleta.

Y al decir esto me mostraba varias plantillas falsificadas, de billetes de los Bancos de Turín y de España. Miré los sobres de aquellas cartas, y vi con indecible espanto, que iban todas dirigidas a Manolo...

Entonces se me ocurrió escribir esta historia, para dedicarla a ciertos padres de familia.